TAKE
SHOBO

運命の乙女を娶った王太子は新妻にご執心!

藍井 恵

Illustration
Ciel

JN199668

蜜猫
MitsuNeko

運命の乙女を娶った王太子は新妻にご執心！

contents

イラスト／Ｃｉｅｌ

運命の乙女を娶った王太子は新妻にご執心!

プロローグ

神話上、カサヴェス王国の起こりは、今の王家の始祖であるクリストファーが聖なる月桂樹《げっけいじゅ》と契約したところから始まる。

その契約は十七代続いた今も守られており、王太子が娶《めと》るのは必ず、月桂葉《げっけいよう》の刻印を持つ乙女だと決められていた。

王太子が生を受けたそのときから、月桂樹は、王太子にふさわしい女児の誕生を待ち、生まれ落ちるときに彼女に刻印をもたらす。

ふたりは出会うと、どうしようもなく惹《ひ》かれ合う運命にあるという――。

第一章　王太子に囚《とら》われて

「おめでとうございます。王太子様からのお召しでございます」

王家付き侍従長だという初老の男はアリシアに恭しくそう申し述べた。寒い朝のことで、彼の吐く息は白い。

「は?」

アリシアは、はしばみ色の大きな瞳をぱちくりとさせて固まってしまう。

ここは王都の郊外にある診療所兼自宅。十七歳のアリシアは、医師の父と薬師の母を手伝いながら、毎日、平凡ながらも楽しく暮らしてきた。

それなのに今、石と木で造られた素朴な二階建ての前にあるあぜ道に、月桂冠《げっけいかん》の紋章が付いた黄金の馬車が停《と》まっている。月桂冠といえば、このカサヴェス王家の象徴だ。

しかも従者のものらしき馬車が後ろに五台、さらにそのあとには、騎馬の近衛兵《このえへい》の隊列が続いている。

医師である父親の腕がいいとはいえ、まさか王太子までも診てほしがるとは、どこでそんな評判が立ったのか。

「あの、父母は今、赤い屋根の豪邸、アンドレウ家に往診に行っておりまして……」

アリシアは腕をすっと斜め上に伸ばして丘の向こうを指差す。

白髪交じりの顎髭《あごひげ》を生やした侍従長は慇懃《いんぎん》に首を横に振る。

「私がお迎えに上がったのはお父様ではございません。アリシア様です」

「え？　私はまだ見習いでして、薬草の知識でしたら、母のほうが……」

「王太子様はすこぶるご健勝であられます。だからこそ『月桂樹の乙女』を早くお連れせねばなりません」

「は？　こんなところに『月桂樹の乙女』なんかいるわけがないでしょう？」

運命の乙女は王太子の居場所からそう遠くないところに現れるので、貴族の女性と決まっている。

「あまりしらばっくれると、ためになりませんぞ」

侍従長が目配せすると、後ろに控えていた侍女ふたりが前に出てきて、「さ、こちらへどうぞ」と、うながされる。

その先にあるのは黄金の馬車だ。

「え、えーと、もしかして私を誰かと間違えてはいませんか」

アリシアは本気で心配になってきた。

平民のアリシアだって知っている。

『月桂樹の乙女』とは、王太子の、たったひとりの番《つがい》となれる女性――。すなわち、いずれは国母となる女性を指す。

王妃は他界しているが、侯爵家出身だったはずだ。

――もしかして、私、貴族の落とし胤《だね》!?

と、一瞬考えたが、そういえば父親に生き写しの顔だった。

「この村に、ほかにアリシア様がいらっしゃるとでも?」

「この村には私だけですが、多分、隣村あたりにいらっしゃるんですわ、きっと」

と、そのとき、侍従長が目を見開いて眉をぐいっと上げた。怒る直前、といった表情だ。

「歴代最年少にして侍従長まで上り詰めてから二十年、来年には名誉侍従長の称号を与えられることが決まっているこのルキアノスが、村の名を間違えるとでも?」

アリシアは恐ろしくなって首をぶんぶんと横に振る。

「あ、いえ、そんなわけない、ありませんよ、あるわけないです!」

――きっと王宮に行けば、誤解が解けるわ……。

観念して侍女に手を引かれるまま、片足を馬車に踏み入れ、顔だけ振り返った。

「あの、急に私がいなくなったら、誘拐されたって父母が心《しん》……」

アリシアが言いかけたところで、侍従長はこほんと威厳をもった咳《せき》でさえぎる。

「こちらには侍従をふたり置いていきます。そして赤い屋根の邸宅には、近衛兵を伝令に出しましょう」

「そ、そうですか、ありがとうございます」

心残りはまだまだてんこ盛りだが、アリシアはすごすごと馬車に乗り込んだ。

とたん、豪華《ごうか》絢爛《けんらん》な内装に驚く。しかも広くてゆったりとしている。

——宝石箱みたい。

天井は黄金の装飾で模《かたど》られ、座面は赤いベルベット。座ると、ふわりとして気持ちいい。

アリシアは慌ててエプロンを外した。薬草の汁で薄汚れているのが急に恥ずかしくなったのだ。

お向かいに並んで座る侍女ふたりの口角がわずかに上がった気がする。

——このふたりも驚いていることでしょうね。

「あ、あの、どうして私が『月桂樹の乙女』ということになっているんでしょうか」

「ご挨拶が遅れました。私、アリシア様の筆頭侍女を申しつかったミレーヌと申します」

二十代半ばだが、しっかり者の印象を与えるミレーヌが、となりのほんわかした雰囲気の侍女に目配せをした。

「侍女のローズと申します。なんなりとお申し付けください」

ミレーヌの視線がアリシアに戻った。

「アリシア様、王太子様は今や二十歳におなりになりました。それなのに『月桂樹の乙女』が見つからない、つまり、お世継ぎができるあてがございません」

「それなら、王太子様が好きになった方を、運命の乙女だということにして結婚されたらよろしいんじゃありませんの」

侍女ふたりが同時に首を横に振った。息が合いすぎていて怖い。

「我が王家は、『月桂樹の乙女』としか子がなせないのです」

「そ、それは大変ですね」

――悪い魔女に呪いでもかけられたのかしら。

「これまでは容易《たやす》く見つかっていたのですが、十八代目にして初めて難航しまして。ですが、アリシア様とわかり、皆、納得したものです」

「どうして?」

「平民でいらっしゃるから」

アリシアの心がずきりと痛んだ。

幼いころ、父親は貴族を診る医師だったのに、アリシアが、往診先の邸で貴族の子と遊んだだけで咎《とが》められ、追われるようにこの村に来たそうだ。それほどかように、この国では貴族と平民が厳然と隔てられていた。

「そうです。平民です。平民の私がどうして、『月桂樹の乙女』だなんてお思いになったのです？」

「アリシア様、半年ほど前、建国記念日で王宮の庭園が開放されたときにお訪ねになりませんでしたか？」

「ええ、行きました。私、王宮の庭に生えている植物にとても興味がありまして」

「一本、ひときわ大きい、枯れかけた月桂樹があって、触《さわ》りませんでしたか？」

──まずい。

触ってはいけないと書いてあったのだが、つい、かわいそうで、抱きしめてしまったのだ。

「え、べ、別に、ささ触ってなんか……ありません！　おりませんわ！」

侍女ふたりが同時に半眼となる。

「アリシア様が、うそをつけないお方だということはよくわかりました」

「え、うそ、ついてる、ついてたっけ？　そんな、ついてませんよ！」

あわあわとアリシアは焦って、身振りを多くしてしまう。『月桂樹の乙女』ではないとポイ捨てされるだけならまだしも、ほかの罪にも問われかねない。

「その月桂樹はみるみるうちに葉を茶から緑へと変化させたとか」

——しまった。

アリシアは小さなころから、植物、特に月桂樹を元気にさせる奇妙な力があり、母親からは人前では使わないように言われてきたのだ。

——でも、枯れた植物って放っておけないのよね。

ローズが身を乗り出す。

「それが侍従長の耳に入り、大騒ぎになったそうですわよ」

ミレーヌがローズを一瞥《いちべつ》した。咎《とが》めるような目つきだった。

アリシアは首を傾《かし》げる。

「大騒ぎになったわりに、ここに来るまで半年かかったのですね?」

侍女ふたりは顔を見合わせ、同時に手を左右に振った。

「ア、アリシア様を見つけるのに時間がかかったのですわ!」

このふたりこそ、うそをつくのが下手そうだ。

馬車で二時間ほど揺られると、にぎやかな王都に到着し、やがて黄金の柵ごしに、白い宮殿が目に入る。

宮殿の前には道というには広すぎる空間があり、樹齢五百年をゆうに超える月桂樹が中央に鎮座している。この国の守り神とされる月桂樹だ。アリシアが抱き着いたのは、まさにこの幹だった。

――月桂樹、前より元気になってる……よかった。

ついに馬車は正門前に着き、聳《そび》え立つように高い黄金の柵が、近衛兵によって開けられる。扉の柵上には王家の紋章である月桂冠が黄金で模られていた。

馬車はまっすぐに宮殿へと向かう。

宮殿の大きな白い柱一本一本の前に、神話の世界を連想させるような白い彫像が飾られていて、皆、頭に月桂冠を冠っている。

――月桂樹尽くしね……。

アリシアは苦笑した。

中に入ると大きなエントランスホールは壁も床も白で統一されていた。とはいえ、装飾に黄金がふんだんに使われていて、天井には神話世界が描かれており、きらびやかである。

その向こうに続く回廊は、幅が広く、天井が高く、まるで広間のようだ。

案内された居室もこれまた豪華で、一定間隔で置かれた白い円柱の最上部には樹木を思わせる彫刻がなされ、白い壁には黄金の葉が這《は》う。

円柱と円柱の間は採光のガラス窓になっているため、白を基調とした部屋は光に満ちている。

ガラス窓から望む庭園は常緑の月桂樹の緑だけだが、春になれば、きっと花が咲き誇ることだろう。

アリシアが窓辺で外を眺めていると、侍女ふたりに手を引かれる。連れて行かれた先は浴室だった。

「まずはお体を洗わせていただきます」

いきなり服を脱がされる。お気に入りのオレンジ色のワンピースだった。

「あ、それ母の手作りだから、捨てないでくださいね」

侍女ふたりは顔を見合わせて「では、洗っておきますね」と微笑《ほほえ》んだ。

——やっぱり捨てる気だったんだわ。

言ってよかったと思っていたら、ぬるい湯を張った浴槽に放り込まれた。

——ああ、温まる……。

アリシアの家には浴槽などない。そもそも体を洗うために大量の湯を温めることができるのは、貴族か、よほど富裕な平民だけであろう。

「なんとか冷める前に間に合いましたわ」

ミレーヌがほっとした様子で、スポンジを手に取った。

「アリシア様、王宮《ここ》にいれば、毎日お風呂に入れますからね」

心を見透かされたようなことを言われる。

浴室を出ると、肌触りのいい絹の下着、その上に白いネグリジェをかぶせられる。

「え？　昼間なのに？」

「これは、シュミーズドレスですわ。最近、流行っているんですの」

そう言いながら、胸の下で薄桃色の帯を巻かれた。

「こんなのが……」

アリシアがそんな貴族の流行りなんて知るよしもない。

——スースーする。

「あの、ドロワーズとか、ズボン的なものは？」

「貴族の女性は仕事をしないから、そんなものは必要ありませんわ」

アリシアは尋ねるのをやめることにした。

——庶民丸出しだわ。

次に、黄金で縁取られた大きな鏡台の前に座らせられる。栗色《くりいろ》の髪の毛をまとめあげられ、造花の付いたリボンをくるくると巻かれた。

「あら、まあ、素敵!」

「おきれいだからやりがいがありますわ」

そんな賞賛を受けるのには不慣れなので、アリシアは消え入るような声で「あ、ありがとうございます」と答えることしかできない。

「そろそろ王太子様がいらっしゃるころですわ」

アリシアは目を丸くする。

「えええ⁉　ここに⁉　ど、どんな方なんですの⁉」

ふたりはそろって、うふふと忍び笑いだ。

「とにかく美形ですわ。背も高いし」

ローズが言うと、ミレーヌが小さく頭を振る。

「それだけじゃありませんわ。剣や弓もお得意でいらっしゃるのですよ」

「まあ」

アリシアが感心していると、今度はローズが負けじと身を乗り出した。

「実質、王太子様が国王様のお仕事をこなしてらっしゃるでしょう?　書類全てに目を通して、おかしいところを指摘されるので困ると、大臣がこぼしているそうですわよ」

「え、それはなぜ?」

ミレーヌがこほんと咳をした。

「い、いいえ、ただ、国王様が今、体調を崩してらっしゃるだけですわ」

「まあ、そうでしたか」

ミレーヌが「では、そろそろ」と、ローズに目配せする。

ふたりそろってお辞儀をして、そそくさと去って行った。

ショックだったのは、ガチャリと外から施錠されたことだ。

——閉じ込められた？

自分の背丈の二、三倍もあろうかという重厚な扉に近づいて、両手を突き、全身の力をこめて押すがびくともしない。

——王太子様が来るまでの間だけよね？

ほかにも出口があるかもしれないと気を取り直して、隣の部屋に足を踏み入れる。

広い部屋の真ん中にぽつんとテーブルがある。ぽつんといっても、十何人もが座れそうな大きなテーブルなのだが、部屋が広間のように大きいので、小さく感じられるだけだ。

扉もテーブルも、木材はどれも最高級のブラックウッドだ。細かい花の装飾が施されている。

——壁の白とは対照的ね。

テーブルの上にはパンやフルーツがあり、とりあえず、食料があることに安堵《あんど》する。

再び前室に戻って、もう片方の木製扉をぎぎぎと開けると、中央に大きな白木のベッドがある。天蓋からカーテンのような布が垂れていて、その柄は月桂葉だ。

──王家の紋章になってるぐらいだもんね。

バルコニーに出る。ここは三階なので、自力で下りられそうにない。

──やっぱり出口はあそこだけ？

アリシアは再び回廊に面した扉の前に戻る。

──これじゃあ、まるで監禁だわ……。

と、そのとき、扉の向こうから話し声が聞こえてきた。

──近い！

ひとりはさっきの侍従長で、もうひとりは若い男の声だ。

「結婚なさらなくてもお子さえいらっしゃれば、王家は安泰にございます」

「わかった、わかったよ。ここに閉じこもって、やりまくればいいんだろう？」

うんざりしたような声だ。

──やる？　何を？

ガチャガチャと鍵を開ける音がしたので、アリシアは慌てて離れた。

が、すぐに扉がギギッと音を立てて開く。

そこには、双眸《そうぼう》がきりっとして精悍《せいかん》な顔つきをした、黄金に輝く髪の男が立っていた。エメラルドグリーンの瞳は深みがあり、理知的な印象を与える。上背があって、アリシアよりひと回りもふた回りも大きい。

アリシアは、こんなに美しい男を見たことがなかった。

彼の外見は、貴族の女なら、神話の男神を模った彫像のようだと形容しただろう。だが、平民のアリシアは、さっき目にした彫像が男神、女神だったこともよくわかっていない。

想像とあまりに違うので、アリシアは目をまん丸にしたまま固まってしまう。

扉が再びギギッと音を立てて閉じられ、ガチャガチャと金属音がする。おそらく、あの侍従長が施錠したのだろう。

男は威圧的にアリシアを見下ろし、距離を縮めていく。

アリシアの全身が総毛立つ。

それは決して恐怖ではない。むしろ衝撃的なほどの幸福感――。

それなのにアリシアはあとずさる。

――怖い。

この男が怖いのではない。

これからこの男によって自分が根こそぎ揺さぶられ、変わっていくようで、それが怖かった。

「君、名は？」

「は、はい、アリシアと申します」

アリシアは慌てて膝を少し曲げて腰を下ろす礼をした。確か貴族はこんなお辞儀をする。

「アリシア、君には、ここで私の子を身ごもってもらう」

「は、はいい⁉」

アリシアは驚きのあまり、素っ頓狂な声を上げてしまう。

「聞いてないのか」

金糸の刺繍《ししゆう》が入った黒の上衣《じようい》を脱ぎながら、男がジリジリと近寄ってくる。

「あの、恐れながら、あなた様は王太子殿下でいらっしゃいますよね？」

「それも知らないのか」

――やっぱり、このお方が……王太子様⁉

「え、ええ。私はただの平民でございます。お戯《たわむ》れはやめて、ディミトー村にお帰し願えませんでしょうか」

「君が〝ただの〟平民？」

王太子が上衣を近くの長椅子に放った。今度はヴェストを外し始める。隣室へと続く扉が開け放たれたままだったので、いつしかふたりは寝室に足を踏み入れていた。

「侍従長様は私を『月桂樹の乙女』だとおっしゃっていましたが、きっと同名のほかの貴族のお嬢様がいらっしゃるのですわ」

「どこに――？　そんな者、見つからなかった」

彼が皮肉な笑みを浮かべる。

王太子がヴェストのボタンを外し終え、アリシアの背後に放り投げた。

――ん？　私の後ろ？

ちょうどそのとき、アリシアの脚がベッドに突き当たる。これ以上退くことができない。

そこでそのまま王太子に押し倒された。

アリシアの背に、ふわふわしたものが当たった。このベッドのリネンは、雲の上にでも浮かんでいるかのように心地いい。

だが、それを喜ぶ余裕などない。

それもそのはず。王太子の顔が、鼻が触れそうなほどに近づき、その惚《ほ》れ惚《ぼ》れするような緑眼に見つめられたからだ。

――新芽のようにみずみずしい……でも、葉にはこんな透明感はないわ。

「君がその『月桂樹の乙女』だ。会えばわかると言われていたが――」

王太子の瞳が戸惑いで揺れ、何か認めたくないものに遭ったように、その眉間にしわが刻まれた。

――やっぱり、王太子様も困っていらっしゃるわ。

まさか運命の乙女がこんな庶民的な小娘だとは、王太子は思ってもいなかっただろう。

悲しくなって、顔を背けると、彼の手がうなじに回り込み、もとに戻された。

「何も心配することはない。君の実家には侍従をふたり派遣しているし、金子《きんす》も弾《はず》んだ。王宮で何不自由ない生活を謳歌《おうか》するがいい」

王太子がもう片方の手でアリシアの頬《ほお》を包み込む。

その大きな手、やわらかくはないが滑《なめ》らかでひんやりした手の感触に、アリシアの全身に愉悦がほとばしる。

「ほら、君の体も悦《よろこ》んでいる」

――も、も？

王太子の顔が傾いたかと思うと、唇に冷ややかな感触が訪れ、ぬるりと温かく肉厚なものが滑り込んできた。

――うそ～！

いくら相手が見目麗しい王太子とはいえいきなりである。それなのに自分でも信じられないことに、アリシアは狂わしいほどの幸福感に襲われていた。

アリシアは酩酊《めいてい》したように半ば瞼《まぶた》を伏せる。

やがて、唇が離れた。

アリシアは無意識に口を半開きにしたままだ。少し離れただけなのに、名残惜しくて仕方なかった。

「月桂葉の印《しるし》はどこにあるんだ？」

王太子は彼女の両脇に手を突いて、こう問うた。その瞳はあくまでも冷静、いやもっと正確に言うと……。

――冷酷だわ。

「げ、月桂葉？」

その鋭い瞳に射すくめられ、アリシアはおどおどしてしまう。

「本当に、君に何も知らせていないんだな、あの狸《たぬき》は」

「狸？」

侍従長のことだろうか。

「『月桂樹の乙女』は体のどこかに刻印があるんだ。母は腕にあった」

そう言いながら、王太子は当然のように、アリシアのシュミーズドレスの絹帯をほどいた。

驚いたアリシアはベッドに肘を突いて逃げるようにあとずさる。すると、王太子がベッドに乗り上げ、アリシアにのしかかった。

すぐに追いつかれて、彼の顔が目の前にくる。

「なぜ隠す？」

「そ、そんなこと言われても――」

ないものは、ない。

「悪いが、確認させてもらう。我が国のために必要なことだ」

――国のため？

なぜかアリシアはがっかりしていた。

王太子が、ほどけかかった薄桃色の帯を片手で引っ張ると、仰向《あおむ》けだったアリシアは回転し、うつ伏せになった。

彼は膝立ちになり、アリシアのドレスを下着ごとまくりあげる。下には何も履いておらず、陽光に照らされて輝かんばかりの双丘が露《あら》わになる。

――仕事してなくても、女子にはズボンが必要よ～！

アリシアがもとに戻そうと、ドレスの端を下げようとするが、彼は、下げるどころかさらに上げていった。

しかも冷静な声が耳に入ってくる。

「ここには見当たらないな」

アリシアの臀部《でんぶ》に跨《また》がり、王太子はドレスを一気に頭からはがす。その動作は先ほどよりも性急になっていた。

「背にはなし、か」

腋《わき》の下を掴《つか》まれて軽々と仰向けにされ、アリシアはとっさに腕で、ふたつのピンクの蕾《つぼみ》を隠す。

「邪魔してはいけないよ？」

なぜ、こんなことを諭《さと》すように言われないといけないのか。まるで自分が悪いことをしたような扱いだ。

両手に彼の手が重なり、シーツに張りつけられた。

乳房が外気に、そして何よりも、この美しい王太子の目にさらされた。

アリシアは自身の体が火照《ほて》っていくのを感じる。それが羞恥なのか官能なのか、彼女にはまだわからない。

若い女の裸体が目の前にあるというのに、この男は涼しげな眼差《まなざ》しでアリシアを見下ろしていた。

「刻印を隠したわけではなかったのか」

何を疑っているというのか。そんなものより、ずっと隠したいものが女にはあるというのに。

重ねた手の指と指の間に、王太子の骨ばった指が沈んでいる。

大きく力強い指を直《じか》に感じ、それだけでアリシアの背筋にぞくぞくと甘い痺れが駆け抜ける。

――さっきから、これ、なんなのよ～！

王太子は片手だけ繋いだまま、彼女の脇に身を移した。

横から全身を舐《な》めるようにじっくりと眺められ、それだけで、アリシアはゾクゾクと皮膚を粟立《あわだ》たせ、すがるように王太子を見上げた。

視線が重なると、王太子が顔を背ける。

――照れてたり……？

いや、そんなことはないと、すぐに思い直した。というのも彼の視線の先がアリシアの下肢に移っていたからだ。もう片方の手が太ももを掴んだ。

彼の長い指が太ももに食い込む。その感触にアリシアは蕩《とろ》けそうになる。

王太子が太ももを持ち上げた瞬間、彼の動きがピタッと止まった。

「うそだろ……全く同じだ」

アリシアが我に返り、慌てて脚を閉じようとしたのに、王太子は逆に両手でぐいっと思いっきり股を開かせる。

「や、見ないで……」

恥部を見られたくないというのも大きいが、何より、そこにある痣《あざ》が恥ずかしかった。

「なんで隠すんだ?」

「当たり前でしょう!」

「同じ緑色……」

——見られたくなかった!

脚の付け根を見られたことよりも、よりによってこの美丈夫に醜い痣が見られたことがショックだった。

「……生まれつきなのよ……」

「生まれつき……生まれたときから、この月桂葉を持っていたと——?」

「げっけいよう?」

さっきから王太子が真剣につぶやいているが、アリシアには理解不能だ。その痣は一部しかアリシア自身からは見えなかったのだ。鏡など高級品で家にはない。

「色も形も母の月桂葉そっくりだ。……まさに我が王族の月桂冠に欠けた一葉」

王太子の顔がアリシアの太ももの間《あわい》に沈んだ。

脚の付け根近くにある痣をちゅうっと強く吸われる。

「あ、あぁ！」

アリシアは小さく叫び、脚をガクガクとさせた。

——こんなところに王太子様の顔があるなんて！

そのとき、とろりと熱い雫《しずく》が体内からこぼれ落ちたのを感じる。

王太子が一旦、口を離した。

「私の乙女がこんなに淫乱だなんてな？」

なじるような言葉とは裏腹に、王太子の口もとはわずかにゆるんでいた。

彼の指先が蜜口に触れて、アリシアは驚きで声を上げる。

「きゃぁ」

「濡《ぬ》れているから入れやすい」

王太子が浅く差し入れ、入り口をくすぐる。たまに、ぐちゅっと水音が立った。

「あ、ふぁ……そんなとこ……やっ」

「そんなとこ……？」

王太子に再び、痣に口づけられた。しかもそこから秘所へと舐《な》め上げられる。

「だめ……やめて……やっ」

またしても圧倒的な快楽。浅く差し込まれた指にからみついて、ひくついているのが自分でもわかった。

「ここが、もの欲しそうにしてるけど?」

乳房の向こう、自身の太ももの間《あわい》という似つかわしくない場所で、彼のきりっとした双眸が光る。

目が合った気恥ずかしさから、アリシアは瞼をぎゅっと閉じた。

だが、すぐに見開くこととなる。

彼が指を中へと沈めてきたのだ。

その指が蜜をかき出すように動くたびに、蜜壁をこすり、アリシアは「あ、ふぁ」などと声にならぬ声を漏らして身をよじることになる。

指を曲げたり伸ばしたりしながらも、王太子は冷静に彼女を観察し、時折、内ももにキスを落とす。

「ふっふぁっ」

アリシアは脚が、がくがくと痙攣《けいれん》するのを感じた。

「まだ会ったばかりだというのに――これが運命ということか」

相変わらず、王太子は淡々としている。

――運命?

「んっ」

指がさらに深く入り込み、アリシアは体を弓なりにして震えた。

「気持ちいいんだろう？　でも恥ずかしいことじゃない、仕方ないんだ、お互い」

――仕方ない。

その言葉になぜかアリシアはショックを受け、ものすごく落胆している自分に気づく。

――私、王太子様に好かれるとでも思っていたのかしら。

熱に浮かされていたアリシアが急に冷水を浴びたようになる。

「や、やめて……！」

アリシアが思いっきり蹴り上げたところ、王太子に足首を掴まれる。

「このくらい手ごたえがあるのも、悪くない」

意外にも王太子は微笑んだ。しかも、流し目で見下ろしながら、親指をしゃぶってくる。

「んっんっ、あぁ、そんなところ、穢《きたな》い、ですっ」

アリシアは早くも降参だ。足が脱力して、動かすことすらできなくなっていた。

「シャボンの香りがするよ？」

王太子は親指を口に含むのをやめ、親指と隣の指の間に舌を沈めたかと思うと、指の付け根を舐め、また隣の指間へと移る。こうして順繰りに指を舐めていく。

「ふ……ふぁ」

脚が勝手にびくびくと痙攣する。

——私、一体、どうしちゃったの⁉

自分の体が自分で制御できなくなるなんて、本当におかしなことだ。

彼は、掲げた足指を存分に舐《な》め回《まわ》したあと、舌をだんだんと下げていく。くるぶしからふくらはぎ、そして膝裏——。

「ふ、ああ！」

——まただ、また私、おかしくなる！

「膝裏も弱いのか。こんなに濡らして……早く自身の欲望を認めるがいい」

これが王太子の目的だ。

「……あ……ほ、本当にやめて……ほしいんです。だ、だって……私、まだ、誰とも……こんな、こと……」

アリシアは、恥ずかしくて処女という言葉を避ける。

「処女だから怖いんだな？　痛みは取り除いてあげるから安心なさい」

せっかく避けた言葉をいきなり使われた。

「そ、それだけじゃなくて……！」

王太子は脇のチェストに置いてあるデキャンタを手にする。黄金で月桂樹が描かれたガラス製の水差しには透明な液体が入っていた。ファティスはそれをグラスに注がずにそのまま口に含んだ。呑み込んだ様子はない。

不思議に思い、アリシアが王太子の顔から目を離せないでいると、彼の顔がアリシアの太ももの狭間に沈んでいくではないか。

「やっ、そんなとこ……！」

臀部を掴んで持ち上げられ、秘所に液体が注がれたのを感じた。こぼれ落ちた液体が尻の谷間を伝う。

今度は自分が垂らしたものではない。

「で、殿下、一体――？」

王太子は質問に答えず、秘裂に蓋をするように舌を当てた。

「ああ！　そんな……」

この大国の王座が約束された男の舌がこんなところにあるなんて、本当に現実だろうか。

アリシアは顎を上げ、口を魚のようにぱくぱくと開けて喘《あえ》ぐ。王太子の頬を太ももで挟み、彼の背に踵《かかと》をすりつける。とうとう頭がおかしくなったのかもしれない。

「我が国に代々伝わる聖水だ。これを容《い》れれば痛みが薄れるらしい。月桂葉も配合してあるそうだ」

王太子が舌を外したとたん、その水があふれ出した。淫猥《いんわい》な感触にアリシアは小さく胴震いする。

「ふ、ふぁ……」

「こんなもので痛みを取りのぞいたりできるのかと疑問に思っていたが……」

――思っていいた……？

「新たな月桂葉を目の当たりにすると――」

またしても、太ももの痣を吸われた。

「あぁ……！」

「それもまたありえるのかもしれないと思えてくる」

王太子の指が再びゆっくりと奥まで侵入してくる。

「ふぁ、あ……あぁ……んっ……くぅ」

喘ぎ声が止まらなくなっていた。

「気持ちいいのか」

「や、そ、そんな……」

王太子が指を外してくれたと思ったのも束《つか》の間《ま》、今度は指を増やされ、二本の指でずぷりと刺される。中ほどまで入ると、指を広げたのか、アリシアの中の異物感が大きくなった。

「あ……あふ……」

アリシアは目尻に涙を浮かべて、その小さい口をめいっぱい開けた。

「そうだ。深く感じたほうが孕《はら》みやすいと聞く」

——気持ちいい、とてつもなく気持ちいい。

でも、ひどい。

王太子は、シャツとトラウザーズを身に着けたままで、一糸まとわぬ姿のアリシアに冷徹な瞳を向け、心無い発言ばかりしている。

それでも、アリシアはされるがままだ。口惜しいが、圧倒的な悦楽の前に屈服するしかない。

「さあ、『月桂樹の乙女』よ、我が手中で乱れるがいい」

まるで儀式でも始めるように、王太子が告げた。

彼が上体を起こして太ももを固定していた手を外す。アリシアの脚は自然と閉じていくが、すぐに、たくましい大腿《だいたい》が脚の間に割り入ってきて、再びぐぐっと開脚される。

王太子がトラウザーズをゆるめた。

すると、硬く、湿った未知の杭がアリシアの太ももに当たる。

「え、や……本当に……？」

いやなはずなのに、すぐにでも挿《い》れてほしいような気がするなんて、自分が自分ではないようだ。

「まだだ、もっと、もっと感じるんだ、私を」

——も、もっと⁉

片頬を大きな手に包まれる。

その優しい感触に、アリシアが瞳をうっとりとさせ、期待感に口を少し開けたというのに、彼は唇を重ねることなく、彼女の小さな耳を呑み込んだ、

「そ、そんな……とこ」

ゾクゾクと快楽が駆け上り、アリシアは目をぎゅっとして首を伸ばす。

「……耳も弱い」

今度は首筋に舌が這っていく。ときおり首に彼の熱い吐息を感じる。しかも、王太子が動くたびに彼の絹のシャツがアリシアの乳房を優しく撫《な》でていく。

「ふ、ふわ……」

やがて彼の舌は、陽光の中、白く輝く乳房を這《は》い上がり、その頂点にたどりつく。

かぷっと乳頭を甘噛みされた。口に含んだまま口内で、立ち上がった蕾をもてあそばれる。

「あ、あああ!」

アリシアはあまりにも強い快感に小さく叫んで、腰を浮かせて足を突っ張らせ、シーツをぎゅっと握りしめた。

——早く、早くちょうだい。

荒い息を上げて、強くそう念じる。

アリシアはキスすらしたことがない。それなのに、さっきから足の付け根に入り込んで、すりすりとそこを撫でていく彼の雄芯が欲しいということしか考えられなくなっていた。

彼は、もう片方の乳首に視線を送り、その突起を人差し指でぐりぐりと撫《な》で回《まわ》す。

「尖《とが》ってる……そろそろか」

その立ち上がった乳首に軽くキスをされ、アリシアがさらに昂《たか》ぶったところで、彼の切っ先が陰唇にあてがわれた。

「は、はぁ……あ!」

その生々しい感触への期待感から、アリシアはそれだけで果ててしまいそうだ。

王太子が上体を起こし、アリシアの尻肉を掴んで引き寄せる。

未踏《みとう》の路《みち》が、彼の剛直によって、ぎちぎちと少しずつ圧《お》し開かれる。

「んぅ……ふ、ふぅ……」

「うそだろ……こんな……くっ」

王太子は腰をぶつけて、ずんっと奥まで突いた。

「で、殿下ぁ……！」

「アリシア……」

自身の名を呼ばれ、アリシアは、自分の将来も、身分の差も、王太子の心無い言葉も、そんなもの、どうでもよくなっていた。

もともとひとつだったものが、元に戻った、そんな感覚に陥る。

「は、はぁ、は……はぁ」

アリシアは必死で息をしながら、シーツをぎゅっと掴む。何かにすがらないと、ここに戻って来られなくなりそうだ。

「痛くないようだな」

「んっ……」

アリシアは答えとも喘ぎ声とも判別つかぬ返事しかできなかった。痛みがあるような気がするが、このとてつもない陶酔にかき消されるだけだ。

奥まで入り込んだまま、じっとしていた王太子は、身を低くして耳もとで「始めるよ」と囁《ささや》く。

その掠《かす》れた声が優しく聞こえ、アリシアはぞくりと甘やかな震えを覚える。

王太子は再び上体を起こし、腰を少し退《ひ》いては、ぐぐっと押しつける。

なぜ動く必要があるのか不思議に思っていたアリシアだが、だんだんとわかってきた。蜜壁をこすられるたびに、狂おしいほどの愉悦に襲われるのだ。

「ふぁ、……そんな……あっ……おかしく……んっんん」

「そう、そうやって、どんどん私に狂え、私の月桂葉……」

王太子はアリシアを支えるのは、腰に当てた片手だけにして、抽挿を繰り返しながら、もう片方の手を彼女の胸もとに伸ばす。揺れる乳房を掬《すく》い上げるように包み込み、親指で乳首を撫で回した。

「ふぁ……」

さっき胸を触られたときも、こんなに気持ちいいことがあるのかと驚いたが、今はその比ではない。彼と繋《つな》がっている上に、胸まで愛撫《あいぶ》され、ただただ途方もない幸福感に酔いしれる。

やがて彼の抽挿に余裕がなくなってくる。ゆっくりと出し入れしていられなくなったらしく、ガッガッと間隔が狭まってきて、胸から手が外れた。

王太子は仰向けのアリシアをぐいっと抱き上げて、自身の腰に跨《また》がらせる。

その拍子に違う角度でこすられて、アリシアは顔をいやいやと振って喘ぐ。

――本当にひとつになったみたい……。

アリシアは上体を後ろに傾ける。だが、彼の力強い手で支えられ、ベッドに倒れることはない。自身の中に彼の欲望を取り込み、ふわふわと宙に浮いているようだ。なぜかアリシアの瞳から涙がこぼれ落ちる。

それに気づいたらしく、彼に目尻を舐められたとき、アリシアは自身の中で、何か大きな悦びの奔流のようなものが駆け抜けるのを感じた。

「あ……あ、ああ……あ……あ……」

その声にならない高い音しか発せなくなったところに、熱い飛沫《しぶき》を注がれたのを感じ、アリシアは絶頂を迎える。

アリシアは、うっとりと目を細めて口を半開きにしていた。その頬にはほんのりと赤みが差している。

王太子は挿れたまま、アリシアを倒して仰向けにし、彼女の両脇に手を突いた。

「……この私が……うそだろ……?」

忘我の境地で惚《ほう》けているアリシアの顔を、王太子はじっと見下ろしていた。

第二章　食卓の情事

アリシアが目を覚ますと、ベッドには誰もいなかった。

──用は済んだということね……。

寂しい気持ちになりながら、周りを見渡してドレスを探す。

「何を探している？」

王太子の声がして振り向くと、隣の部屋へと続くドア枠に、右肩だけもたれかけ、彼が腕を組んでこちらを見ていた。シャツ一枚になっているせいか、初対面のときより少し野性的な感じがする。

──なんて素敵なのかしら……。

一瞬、見惚《みほ》れそうになったが、自身が裸なのに気づき、アリシアは慌てて近くの上掛けを引っ張って前身を隠した。

「あ、あの、ドレスは……」

「あんなものは、返した」

王太子がアリシアのほうに近寄ってくる。

「ええ、そんな！」

「君の体はきれいだ。何を恥ずかしがる？」

そんな褒め言葉も、王太子は照れずにしれっと言ってのける。

――よっぽど遊んできたんだわ……。

「きれいなわけない……」

元来、アリシアは明るい娘なのだが、彼にかかると、些細《ささい》なことですぐに心が沈む。

――でも、さっきは天国まで昇らされた気分になったわ。

アリシアは、自分の感情の動きが自分でもよくわからない。

「……それより、ミレーヌやローズになんと思われるか」

アリシアはじとっと恨みがましい眼差しを王太子に向ける。

「誰だ、それ？」

「殿下が私に侍女を付けてくれたのかと思っていました……」

「ああ、あの同じような動きをする侍女ふたりか。侍女がどう思うかなんて、いちいち気にしてられるか」

――なんて、傲慢《ごうまん》な。

だが、高貴さに裏打ちされた不遜な表情は、アリシアの目にはとてつもなく魅力的に見えた。

「アリシア」

なんといっても、王太子は自分の名は覚えてくれているのだ。

いつの間にか彼がベッド脇に来ていて、アリシアを覆う上掛けを掴んだ。

「君の体はきれいだと言ったろう?」

上掛けを引っ張られ、アリシアは慌てて引っ張り返した。

「で、殿下、そんな……ずっと裸で過ごせとでもおっしゃるのですか?」

王太子は当たり前だと言わんばかりに「そうだが?」と答えた。

「ご自分は着ていらっしゃるではありませんか!」

「脱いだほうがいい?」

王太子が両手を広げて、意地悪そうに片方の口角を上げる。

冗談も言えるのかと、アリシアが少し安堵したところで、「隙あり」と、上掛けを全て取り去られる。

「きゃあ」

アリシアは王太子に背を向けて腕で胸を覆った。

そこでぐぅっと腹の音が鳴る。

――ある意味、裸よりも恥ずかしい……!

「仕方ないな」

王太子がベッド脇のガウンをアリシアの肩に掛けてくれた。

――え、優しい……!

アリシアが感激のあまり瞳をうるうるとさせたというのに、王太子はくるっと背を向ける。

「食事が用意してある。来なさい」

アリシアはガウンをはおりながら、そのあとに続いた。

大きなテーブルの端と端に食事が用意してあった。アリシアが見たことのない、美術品のように美しく盛りつけられた料理が何皿も置いてある。

――美味《おい》しそう。

だが、なぜ、こんなに遠くに置いてあるのだろう。

――私としゃべりたくないということかしら?

「座るがいい」

王太子がアリシアのほうに振り向くと、なぜか手を口に当てた。

「ぶかぶかだな」

慌ててかぶって急いであとに付いてきたので、アリシアは長い袖をぶらぶらさせたままだった。

――手で笑いを隠した？

王太子が手ずから、その袖を折って中から手を出してくれた。

――見るに見かねたのね。

王太子にうながされて、椅子に座る。

やはり王太子は、もう一方の端に座った。

――ふたりしかいないのに遠い……。

「食べなさい」

――また命令。

きっと、彼にとってアリシアはペットみたいなものだ。

アリシアは皿の近くに置いてあるフォークを手にする。

すると、王太子が「違う、こっちだ」と、皿から最も離れたところにあるフォークとナイフを手に取って見せてくれた。

アリシアは羞恥で顔が熱くなるのを感じながら、うつむいて、指示されたフォークとナイフを握った。

目の前に、スープ皿も含めて十枚以上ある。食べたことのないものばかりで、どうやって切って、どうやって刺せばうまく食べられるのか、アリシアにはよくわからない。

アリシアは上目遣いで、ちらっと王太子の食べているさまをうかがった。

王太子は、手前にある小皿のホワイトアスパラガスを優雅に切り取り、口に運んでいる。

アリシアは、同じ皿に目を向けた。

形はアスパラガスなのに白い。それが三本並び、そこにかかったグリーンのソース上を、ハーブや花びらが彩っている。

——きれい。

アリシアは、フォークでアスパラガスを押さえ、ナイフでぎこぎこと切ろうとするが、うまく切り取れない。

——こんなの、切らないでくわえて食べたほうが美味《おい》しいのに！

再び、ちらっと王太子に視線を送る。

王太子が口をわずかしか動かさずに食べながら、何かもの言いたげにこちらを見ていた。

貴族の女性は、きっとあんなふうに優雅に食べるのだろう。そう思うと、アリシアは、なぜ自分がこんな場違いなところにいるのかと、いたたまれなくなる。

アリシアはフォークとナイフを置いた。

「どうした？　お腹《なか》が空いているんだろう？」

そして、淑女はきっとお腹を鳴らしたりしないに違いない――。

「私、どうしてここにいるんでしょう？」

王太子が不愉快そうに双眸を細めた。

「私とここにいたくないと？」

「い、いえ。そういうわけでは……。あの……いつまで私はここに？」

「孕《はら》むまでだと言ったろう？」

ズキンと、アリシアは、心が裂けそうな痛みを感じた。

――そういうことか。

つまり、子を必要としているだけで、アリシアが妊娠さえすれば役目が終わる。彼はこの任務をさっさと終わらせたいに違いない。

――相手は王太子様、当然だわ。

ただ、肌を重ね、ひとつになったような感覚に陥って、何か錯覚してしまったのだ。彼もまたそんなふうに感じてくれたのではないかと――。

アリシアは泣きそうになって、きゅっと唇を閉じた。

「私と子作りするのが、そんなにいやか？」

彼の眉間にしわが寄る。そんな不機嫌な表情でさえも少し切なそうに見えて、やはり絵になる男だ。

——こんな高貴な方にそんなことを思わせてしまうなんて……！

アリシアは一生懸命に口角を上げた。だが、うまく微笑めたかどうかは自分ではわからない。

「い、いえ。とても光栄に思います」

王太子の子種なのだから、喜んで受け取るべきだ。それ以上を望んではならない。

「光栄、か」

王太子は吐き捨てるようにそう言って、もうひとかけらのアスパラガスを口に突っ込んだ。

アリシアは、少しでも食べ方を学ぼうと、じっと王太子を見つめる。

「なぜ、食べない？」

「す、すみません。いただきます」

アリシアは再び、ぎこぎことアスパラガスを切り始める。

「こう持ったほうが、切りやすい」

王太子に、ナイフを持つ手を見せられる。

アリシアは持ち方を変えようとして、ナイフを落としてしまう。

大理石の床にカランと大きな音が響いた。

——最悪……。

「もしかして……？」

王太子が立ち上がる。

「……申し訳ありません、作法がよくわからなくて」

アリシアは消え入るような声でつぶやいた。

「それならそうと早く言いなさい。教えてあげるのに」

——え？

驚いて、アリシアは王太子を見上げる。

王太子がつかつかとアリシアの席まで来ると、彼女を抱き上げて椅子に座った。アリシアが下ろされたのは、彼の膝上だ。

「え、ええ？」

アリシアはガウン一枚をはおっているだけなので、尻が直にトラウザーズに当たる。陶酔がよみがえってくるのに時間はかからなかった。

アリシアはテーブルの縁《へり》を掴んで、声が漏れそうになるのを必死に耐える。

それなのに、王太子は彼女の左手にフォークを掴ませ、正しい位置に指を置いていく。同じように、右手に新しいナイフを正しく持たされた。

「この持ち方ならすぐ切れる」

彼女の左右の手を覆った王太子の大きな手が動き、アスパラガスをきれいに切り取り、そして優雅にフォークを刺した。

「ほら、こう持ったほうが食べやすいだろう?」

口の中にちょうどいいサイズのアスパラガスが入り込む。

アリシアの口にまず緑豆をすりつぶしたソースの旨味《うまみ》と、やわらかなアスパラガス、そしてハーブの香りが広がっていく。

「美味しいです」

「たくさん食べるがいい」

――そのほうがきっと妊娠しやすいのね。

優しくしてもらった分、ちゃんと産んで恩返しをしなければと、アリシアはアスパラガスを噛《か》みしめた。

料理には食べる順序があるそうで、次は強敵、ぷるぷると掴みどころのない野菜のゼリー寄せ。これはスプーンではないと無理だろうと思ったが、添えられた手を通しての指導で、フォークの背にうまくのせて、口に運べた。

――何これ、ぷるぷるして美味しい!

スープ以外は彼に手伝ってもらって、五皿目の肉料理までいったころだろうか。

「では、今度は自分でやってみなさい」

「は、はい」

アリシアはできるだけ優雅にと心がけて、ラム肉を切ってフォークを刺した。

「ほら、うまくできた」

子ども扱いなのが気になるが、彼の声が弾んで聞こえて少し嬉《うれ》しくなる。

「アリシア、お腹、少しはふくらんだ?」

と、そのとき、彼の大きな手で下腹を覆われる。

どくんと、アリシアは強い官能に揺すぶられ、フォークをテーブルに落とした。

「あ……」

アリシアは振り返り、陶然とした瞳を向けてしまう。

王太子が黄金《きん》の睫毛《まつげ》を半ば伏せて見下ろしている。表情が読みにくいが、口角がわずかに上がったように見えた。

「アリシア、私のトラウザーズがこのままじゃ、びしょびしょだよ」

「え……そんなに……」

もちろんアリシアは自身がよだれのような蜜を垂らしていることに気づいていた。

だが、トラウザーズがあるからばれないと思っていた、いや、正確にいうと、ばれないでほしいと願っていた。

「本当は、フォークで食べることなんかに意味がないんだ」

王太子は近くにあった、ゆでたうずらの卵を手に取り、アリシアの口に突っ込む。

「むぐ……」

もう片方の手は下肢に伸び、蜜源をくちゅくちゅとかき回す。

「食べ物よりも、もっと欲しいものがあるんじゃないのか?」

「そ、それより、殿下……召し上がっていらっしゃらな……んっうぅ」

「私はこっちのほうが欲しいんだ」

背後から耳を甘噛みされ、ガウンの中に伸びた手で乳房を鷲掴《わしづか》みにされる。

「は、ふゎ……!」

アリシアは前に倒れそうになるが、テーブルに手を突いて上体を支えた。

が、手がずれて皿に当たり、ガシャンと音がする。

「ケガは?」

「だ、大丈夫です」

彼の手が離れた。そうなったらそうなったで、アリシアは昂《たかぶ》った体を持て余してしまう。

──皿に当たらないように注意すればよかった。

王太子は長い腕を伸ばして、アリシアの周りにある皿を、ガシャガシャと性急に除《の》けていく。彼はアリシアが上に座っている今でも、頭ひとつ分、彼女より背が高く、手が遠くまで届くので、かなり広いスペースが空いた。

「では、君をいただこうか」

「えっ」

ガウンを留《と》める紐《ひも》を外され、彼の右手が直に下腹に置かれる。それだけで熾火《おきび》となっていた快感に火が付く。

「あ……」

──手、おっきい……。

「ほら、もう食べてほしがっている」

右手が少しずつ下がっていき、やがて叢《くさむら》の中から芽のようなものを探し当てた。そこを優しく撫でられていくうちに、気が遠くなるほどの愉悦が押し寄せてくる。

「は、はぁ、ふ……はふ……はぁ…」

アリシアはしばらく吐息のような甘い声を漏らし、テーブルの縁を掴んで身をよじっていた。が、それも彼の左手が下肢に伸びてくるまでだ。蜜孔を指でもてあそばれる。

「あぁ！」

アリシアは感極まって叫び、顎を上げて彼の鎖骨に頭頂をこすりつける。朦朧《もうろう》としながらも薄眼を開けると、王太子はのぞきこむように、顔を傾けて見下ろしていた。

彼と目が合ってしまう。

すると、頬にそっと口づけを落とされた。

――睫毛、長い。

間近で見る彼の緑眼は黄金の睫毛に囲まれてキラキラと美しく、しかも慈愛に満ちている。

――今だけでもいい。

いっときだけでも、たとえ子をなす義務だったとしても、平凡な自分の人生にこんな身に余る幸せが訪れるなら、これ以上の幸せを、誰が望もうか。

「で、殿下……あ……ふ……」

喜びで、アリシアの瞳に涙が浮かぶ。

「どうした？」

王太子が、目尻にこぼれた雫を舐めとってくれた。

「は、はぁ……わ、私、こ、光栄……」

「……また臣下みたいなことを」

彼は眉をひそめて、何か仕返しでもするかのように突然、指二本で下から突き上げてくる。

「ん……くぅ」

王太子ともなると、喜びを伝えられることが多くて辟易《へきえき》しているのかもしれない。

――馬鹿なことを口にしてしまった。

アリシアは悲しくなる。だが、心に反して、体はどんどん昂《たか》ぶっていく。

彼の指を媚壁が包んで貪欲にうねる。硬くなり始めた蜜芽をコリコリと指でいじられると、体の芯に火を点けられたようになる。

「あ、ああ、も、もう、だめぇ、熱い、熱いの」

尻の谷間に、勃《た》ち上がった彼の雄を感じた。トラウザーズ越しに圧され、アリシアが揺れるたびに食い込んでくる。

――これを入れてもらえたら元に戻るの？

涙を浮かべて、アリシアはすがるように彼を見つめた。そうすれば燃えるような体を鎮火してもらえるのではないかと――。

だが、王太子はさっきのように優しい眼差しをくれず、涙を舐めることもなかった。

片方の口角を上げていて、少し酷薄にも見える。

「もっと私に溺れなさい」

「そ、そんな……！」

これ以上溺れさせてどうするというのだ。

体内に挿れた指はそのままにして、もう片方の手が乳房をとらえた。ガウンは半分脱げかけていて背中と腕を隠すのみだ。

「中、すごくひくついてるよ？」

――やっぱり、さっき、何か気に障ったんだわ。

「……な、なんでも……お望み通りに……」

「そうか……」

眉ひとつ動かさず、王太子はアリシアを見下ろしていた。

「あ……あふ……ふぁ……ああ……」

当のアリシアといったら、乳首を引っ張られては喘ぎ、二本の指で抽挿をされ、どんどん座る位置が前にずれて、椅子の座面に前腕を置いてなんとか体を支えるというありさまだ。彼の硬くなった性の感触は腰のあたりにきていた。

その間も、アリシアはずっと王太子の顔から目が離せなかった。まだ出会ったばかりだというのに、彼の印象はめまぐるしく変わっていく。

どれが本当なのか、それとも全て本当なのか。

わかるのは、今この瞬間だけだ。今の彼は優しくはないが、とても威厳があった。

アリシアは目が釘付《くぎづ》けとなる。

「それより、ここを見てご覧」

王太子がそう言って、ぐっと深く指を押し込み、ゆっくりと退いていく。そのとき蜜壁を刺激され、「んっんんっ」と、アリシアは腰をくねらせた。

——ここって、ここ⁉

アリシアはおそるおそる下肢に視線を向ける。

彼の指に引っ張られ、淫らに形を変えた乳房の向こうに、蜜に濡れた花弁があり、そこからまるで彼の指二本が生えているようだ。

「やっ」

アリシアは思わず目を背ける。

「だめだ、ちゃんと見るんだ」

胸から手が離れ、顎を掴まれ下を向かされる。

「み、見ました」

彼の指がぐちゅぐちゅと動くたびに蜜がほとばしる。

——やだ、自分だと思いたくないわ。

「……こうされても〝光栄〟なのか?」

耳もとでいら立った声がする。

やはり、この言葉が気に入らなかったようだ。

「だって、王太子殿下の指だから……」

「では、君は王子なら誰にでも股を開くのか」

「え、違っ」

また、ぬちゅっとこれ見よがしに水音を立てられる。

「私は王太子などという名前ではない」

「ファ、ファティス様?」

顎から手が離れ、アリシアの視線は自然と王太子の顔に向かう。

「そうだ」

王太子が憮然《ぶぜん》としている。だが、その手はアリシアの背の裏でトラウザーズをゆるめていた。

「お名前でお呼びしてもよろしいのでしょうか」

「こんなことをしておいて……当たり前だ」

王太子はアリシアを持ち上げて、下から一気に怒張を穿《うが》つ。

「あっああ! ファ、ファティス、さ、まぁ」

アリシアの口から湧き上がったのはそれまでとは全く違う歓喜の声だった。

「嬉しそうな声を上げて……」

腋《わき》の下から、手が伸びてきて、ふたつの乳房をそっと包まれた。何か大事なものを慈しむかのように、そっと。

「ふっ……くぅ」

さらには、ガウンがずれて露わになった肩を軽く噛まれる。甘い痛みに心が震える。

その間も、ファティスは一定のリズムでゆっくりと腰を押し上げてくるので、そのたびに、さざ波のように甘い痺《しび》れが打ち寄せる。

またファティスが変わった。急に優しくなった。

「は……は……ふ……は……ふぁ」

ゆっくりと奥まで突き上げられるたびに、アリシアもまた一定のリズムで甘い吐息を漏らす。

そうしていると、本当にひとつになったような、お互いの境界線が消えていくような感覚に陥ってくる。

じわじわと彼女の頭は官能に侵食されていき、やがて急に真っ白になった。

「ああっ」

アリシアは悦びの声を叫び、テーブルに両腕を投げ出す。ふわふわと雲の中、彼と溶け合っているような境地に昇りつめていく中、彼の声が木霊《こだま》した。

「アリシア、そんなにうねらせて……欲しいんだね……全て、呑み込んで」

――ああ、あなたがくれるなら、なんだって！

優しい時間だった。いや、時間を感じさせない不思議な空間だった。

どのくらいまどろんでいたのだろうか。

アリシアが目を開けると、相変わらずファティスの膝上だった。彼が後ろからぎゅっと抱きしめてくれていた。

――力強い……。

守られているようで、心がほっこりと温かくなる。

アリシアは少し顔を振り向かせる。

「やっと起きたな」

「私……？」

「半刻ぐらい、気持ちよさそうに寝ていたよ」

――ずっと抱きしめてくれていたの？

アリシアの頬が熱くなっていく。

「あっ」

そのとき、自分の中に入り込んだままの異物が大きさを増した。まだふたりは繋がったままだったのだ。

「もっと注いであげる。〝光栄〟に思うがいい」

ファティスが首を傾げて背後から頬ずりしてくる。

「え……？」

子を作るには何度も子種をもらう必要があるらしい。

「アリシア、もう一度私の腕の中で――」

――中で？

ファティスがアリシアを抱きしめたまま立ち上がった。彼の左手が彼女の尻を掴んで持ち上げ、右手が下腹から秘所のほうへと這っていく。その手が股ぐらを覆い、下からアリシアの体を支える。

体勢が変わるとき、違うところがこすられ、アリシアは「ふぁ……」と早くも小さく呻《うめ》いてしまう。テーブルに手を突き、彼の手で尻を掲げ上げられていた。

「きれいだ……」

尻を撫であげた手で細腰を掴まれる。もう片方の手が蜜芽を撫でてくる。

ずん、と腰をぶつけられ、再び根もとまで埋まった。

「あ、ファティ……さま!」

アリシアは顔を上げて彼の名を呼んだ。

「アリシア……」

彼がぎりぎりまで退《ひ》く。それもまた愉悦となり、アリシアは嬌声《きょうせい》を漏らす。彼が再び勢いよく最奥を穿つ。そんな抜き差しを繰り返され、アリシアは気も狂わんばかりに、喘ぐ。

「あ……やぁ……ふぁ……ああ……んっ……あっ……ああっ」

「そう、啼《な》いて、私の腕の中で」

ファティスの熱い息を耳もとに感じ、アリシアの胸は高まった。

彼が上体を前傾させたので、絹のシャツに背中を撫でられる。

「ふぁ」

アリシアは、手で体を支えなくなり、片頬と前腕をテーブルに着けた。

彼の出し入れが激しくなっていく。そのたびに、ぐちゅぐちゅとあふれ出て太ももを濡らす液体は、彼女の愛液か、それとも先ほど注がれた白濁か——。

「あ、ああ、ああああああ!」

アリシアは口を大きく開けて果てた。

ファティスは待ってましたとばかりに、「全て呑みほすんだ」と、彼女の中で爆《は》ぜる。

ファティスはしばらく繋がったまま息を整えたのち、やっとアリシアから性を取り出した。するど、とろりと彼女の中から白濁が滴った。


アリシアが目を覚ますと、上掛け替わりにガウンを体に掛けられ、ベッドで仰向けになっていた。横を向くと、彼が片膝を立てて、チェスト上にあるパンを口にしている。

アリシアはガウンを手にして、前身を隠して起き上がった。

すると、ファティスが困ったように微笑んだ。

「よく眠っていた。疲れたんだろう。無理をさせてすまない」

王太子であるファティスが自分のような平民に謝ってくれるなんて思ってもいなかったので、アリシアは嬉しくなる。

「そ、そんな。お優しいんですのね」

「どこが優しいんだ？」と、ファティスは自嘲気味に、シーツに視線を落とした。

そこには血痕があった。

「あの、痛みが消えるとかいう水、効き目があったのか？　本当は痛かったんじゃないのか」

「出血するくらいだから、本来、とても痛いものなのでしょうが……月桂葉が配合されているとおっしゃいましたよね?」

アリシアは、チェストからデキャンタを取り、匂いをかぐ。

「月桂葉は鎮痛作用があります。でも、わずか。気休めていどです。きっと、ほかにもヤナギの樹皮とか……鎮痛作用のある薬草が入っているのでしょう」

――でも、それは気休めだわ。

痛みを凌駕《りょうが》するような快感――あれこそが麻薬だ。

そこまで考えて、アリシアはハッとした。

ファティスが目を見張っている。

――やだ、生意気なこと言っちゃったかしら。

ファティスが身を乗り出し、アリシアの両腕を掴んだ。

「アリシア……どうしてそんなことを知っているんだ?」

「え、あの、父が医師で、母が薬師で、それを手伝っているものですから……」

ファティスが手を離した。

「そうか。アリシアは偉いな。仕事をしていたのか」

――貴族の女性は働いたりしないから驚いているのね。

「私は平民ですから……」

労働者階級であることが見透かされたようで、アリシアは後悔した。

「ただの平民じゃない」

ファティスは、彼女の頭から造花の付いたリボンを取り去った。アリシアの豊かな栗毛《くりげ》がふわりと広がる。

彼は指で髪を梳《す》き、そのまま毛束を掴んで口づけた。

ファティスに野性的な眼差しで見つめられ、どくんとアリシアの心臓が跳ねる。

「た、ただの……平民です」

ファティスの手が頬に触れる。彼の顔が傾き、目が閉じられていく。唇が重なる。彼は舌を入れずに、しばらく唇の感触を楽しむかのように、じっとしていた。

「自分を卑下するようなことを言わないように。薬草の知識があるのは素晴らしいことだ」

「あ、は、はい！　失礼しました」

王太子に抱かれている女が自分を卑下しているなんて、ある意味、王太子に対しても不敬かもしれない。アリシアはそう思い直す。

「失礼？　こんなことをして、失礼も無礼もないよ」

「きゃっ」

ファティスがいきなり彼女の脚を持ち上げたので、アリシアは後ろに倒れた。

こんなときも、アリシアは、リネンの気持ちよさにびっくりしてしまう。

——根っから庶民なのよね、私……。

かぱっと両手で脚を広げられた。

「きゃああ!」

今度は本格的に叫んだ。

「失礼」

ファティスはいたずらっぽく、片眉を上げる。

——意趣返しか……。

意外と子どもっぽいところがある。

「ふぁ……!」

刻印があるらしきところをきつく吸われる。びくんと脚を大きく痙攣させてしまう。

気持ちいいが、アリシアは複雑な気持ちになった。

彼が求めているのは、『月桂樹の乙女』であり、アリシアではない。ひいては、そのたったひとりの乙女だけが産むことができる、彼の子だ。

「んっ」

早くも彼の欲望は勃ち上がっており、その尖端《せんたん》で秘裂を嬲《なぶ》ってくる。

「ふ、ふぁ……ファティスさ、まぁ……あっあっ」

アリシアの媚壁は奥まで欲しいといわんばかりに、蠕動《ぜんどう》して彼の性を誘い込む。

「アリシア、そんな……！」

「あっ、あっあっ……あぁ……！」


ずっとこんな調子で、アリシアは初夜だというのにとめどなく吐精された。

アリシアが起きると、いつの間に朝になっていて、横にファティスの寝顔がある。金糸のような髪で、鼻が高く、端正な顔立ちだ。

彼に似た子だと、きっとかわいい子になるだろう。

――今は寝てるから、いいわよね？

アリシアは、そっと彼の頬に手を伸ばす。

すると、ファティスの緑眼がぱっちりと開き、大きな手で手首を掴まれる。

「きゃ」

手のひらに口づけられた。

――やだ、これだけで、ゾクゾクしちゃう。

「感じやすいな」

——バレてた。

ファティスが、身を乗り出して、アリシアの上半身を覆った。唇を重ねたあと、顔を少し離して、じっと見つめてくる。

「あ、あの、子ども」

子が生まれたら、自分がどうなるのかを知りたいが、途中まで口にして怖くなってやめた。

——あとは用なしだとか言われたら……。

アリシアはぎゅっと目をつむる。

扉から漏れ聞こえた侍従長の声が自然と思い出された。

『結婚なさらなくてもお子さえいらっしゃれば……』

おかしな話だ。王太子と平民が結婚できるわけがないのに、この言葉を思い出すだけで心が血を流す。

「どうした?」

ファティスが不思議そうにのぞきこんでくる。

「あ、あの、子ども……えっと……そう、子どもってこんなにたくさん子種をもらわないと、芽吹かないものなのですね?」

ファティスの目が少し見開かれ、しばらく固まっていた。

「いや、そういうわけでは……」

彼が目を逸《そ》らして上体を起こす。

——も、もしかして、照れてる⁉

ファティスが片膝を立てて、そこに無造作に前腕を掛けた。

「……しんどくなったら言いなさい」

困ったように、アリシアを一瞥するファティス。

——や、やだ、かわいい。

とたん、ファティスの眉間にしわが寄った。

「今、笑っただろう?」

「え、笑ってませんよ」

「いや、笑った」

アリシアは、ぐいっと強引に抱き起こされて、口を封じるとばかりに唇を覆われた。

こうしてアリシアは朝から晩までファティスの愛撫に啼き、達しては朦朧《もうろう》とし、そしてまた、彼の愛撫に体を高められ、何度も何度も絶頂を迎えたのだった。

変わったことといえば、テーブルに横並びで食事を摂《と》るようになったことだ。ファティスは、手取り足取り食事のマナーを教えてくれた。

第三章　ふたりだけの舞踏会

「う……ん……」

明るい日差しを瞼の裏に感じてアリシアが目を覚ますと、横には誰もいない。

最初のときのように、ほかの部屋にファティスがいるのだろうと起き上がる。

すると彼女の中から白濁がとろりとあふれ出た。ファティスの情熱の残滓《ざんし》に心が震える。こんなに何度も睦《むつ》み合ったというのに、また彼に抱いてほしいと思っている。

アリシアは起き上がってガウンをはおり、食事の部屋に行くが、そこにもいない。

テーブルの上にある朝食はひとり分だった。

アリシアは急に怖くなった。

——いつまで私、ここに閉じ込められるの……?

ファティスはずっといっしょにいてくれるわけではない。彼が気まぐれでやってくるのを待つ日々が始まるのだろうか。

何皿もの豪華な朝食の横に、呼び鈴があることに気づいた。アリシアは、その下に敷いてある紙を手に取る。

『朝、起きたら呼び鈴を鳴らして』

流麗な文字だ。

アリシアは現金にも、とたんに心を明るくする。指で髪の毛を梳《す》いて、ガウンの紐をリボン結びにしてから、呼び鈴を振った。

重厚な扉がギギギと厳《いか》めしい音を立てて開く。

だが、そこに現れたのは予想に反して、侍女のミレーヌとローズだった。

「アリシア様、おはようございます！」

ふたりの声がぴったりと重なる。

――なんだか久々に会ったみたい。

「あ、おはようございます」

「朝食は召し上がりました？」

「え、いえまだ、起きたばかりで……」

もう日が高いというのに、恥ずかしい。

「では、まずはお召し上がりください」

ミレーヌに隣に座られて、食事をする。ときどきマナーについての指導が入った。

——早く覚えないと……。

その間、ローズがほかの侍女たちに命じて浴槽にお湯を運ばせていた。

食事が終わると、ガウンを剥《は》がされ、湯船に放り込まれる。

するとミレーヌとローズが顔を見合わせて意味深な笑みを浮かべた。

「え、どうしました?」

「いいえ、愛されていらっしゃるようですわね」

自身の体を見下ろす。ところどころに口づけの痕《あと》が付いている。

「え、やだ。見ないで」

アリシアが背を向けると、シャボンの付いたスポンジを肩に当てられ、一点をごしごしとさすられる。

「ここは大きいですね」

「まあ、お噛みになったんじゃありませんの」

背後から、うふふという笑い声が聞こえてきた。

——恥ずかしいったら!

体を洗い終わると、ドレスを見せられた。これを着つけてくれるという。初めのときのようなシュミーズドレスではなく、ボリュームのある爽やかなミントグリーンのドレスだった。

「アリシア様はスタイルがよくていらっしゃるから、やりがいがありますわー」

下着は絹で心地いいが、その上から硬いコルセットを着けられる。下から胸が圧迫されて、乳房の上半分がふくらみ、谷間が強調された。さらには、ふたりがかりでウエストをぎゅうっと絞られる。

「く、苦しいです」

「いいえ、いいえ、もっといけますよ」

——さっき、あんなに食べるんじゃなかった〜！

次に左右に木の枠が張り出したパニエを腰に当てられ、前身の中央で、きゅっと紐を結ばれる。

「貴族のパニエってやたら横に拡がっているのね」

「いやになったら、この紐を解くだけで取れますよ」

ミレーヌはそう言ったあと、ローズに視線を送り、ふたりはまたしても含み笑いだ。

アリシアが不思議そうにしていると、ふたりにドレスをかぶせられた。

下半身はスカートが何枚も重なっていて暑苦しいのに、上半身は、肩が空き、乳房が下半分しか隠れていなくて、うすら寒い。

——着心地を全く無視した服だわ。

最後、ふたりがかりで、糸で縫って上半身にぴったりとフィットさせた。

「こんな凝ったドレス、ひとりで着られませんよね？」

「そうですよ。どのみち貴族はひとりで服を着ませんから」

ミレーヌがドレスを縫いながら、そう答えた。

——貴族っていろいろ面倒なのね。

次は黄金の鏡台の前に移され、左右の毛束をまとめあげられ、ピンクの造花と葉を差し込まれる。

——頭がお花畑だわ……。

そのとき扉のノック音が聞こえてきた。

「あら、間に合いましたわ」

ギギギと扉が開くと、盛装をしたファティスが立っていた。肩帯を斜め掛けにしており、その上で星型のアクセサリーがきらきらと輝いている。

——王子様みたい！

そう思ってから、本物の王子様だったと、アリシアは思い直す。

「では、私たちはここで失礼いたしますね」

ふたりは丁寧にお辞儀をしてから、去っていった。

扉の閉まる音がする。

ファティスが立派すぎて、アリシアは挨拶をするのも忘れ、ぽかんと見入っていた。

「似合っている……が、着せたのは失敗だった」

「え？」

突如、彼の手がうなじと腰に伸び、抱きしめられたまま壁に押しつけられる。唇が重なり、何度も何度も激しく吸われる。

「……は……はふ……」

「ちょっと離れていただけなのに……」

口惜しそうに耳もとでつぶやかれ、アリシアはその低い掠れた声にゾクゾクと震えた。

が、それは長く続かなかった。

次の瞬間、スカートをまくり上げられ、両手が中に侵入してきたのだ。

「え？」

中央の紐をほどいているようだった。やがて、パニエがすとんと床に落ちる。

――あの意味深な笑みは……！

侍女が気を利かせたのか、はたまた王太子の策略か――。

「あ、ふぁ」

ファティスがいつの間にかしずいて、ドレスの中に頭を突っ込んでいた。強引に脚を開かされ、内ももを強く吸われる。

——また、あの痣……!

彼が好きなのはアリシアではなく『月桂樹の乙女』だと宣言されたようで、アリシアは悲しくなる。

「あ……はぁ」

だが、そんな苦悩も、この圧倒的な快楽の前に、すぐにどこかにいってしまうのだ。

しかも彼の舌は徐々に上がっていき、やがて付け根にたどりつく。花弁ごと軽くくわえられ、口内で舌を使って、その中心をつつかれる。

「ふ、あ、あ、ああ!」

アリシアは脚をがくがくとさせて崩れ落ちそうになった。

すると、ファティスがスカートから出て立ち上がり、アリシアを抱き上げる。

アリシアは、床に落ちたパニエから離れたところに下ろされた。目の前にいるのは王太子然としたファティス。その銀糸で草花を模った黒の上衣にアリシアは身を預けた。

ファティスは彼女の腰に手を回して再び壁に押しつけながら、自身のトラウザーズをゆるめ、幾重にもレースが施されたスカートをまくり上げる。

片脚をぐいっと持ち上げられた。

「あっ」

彼が中腰になり、いきなり、ずんっと奥まで熱杭で貫かれる。

「ああっ！」

「アリシア……どんどんよくなる……」

「えっ」

アリシアは宙に浮いた。繋がったまま、両手で臀部を掴んで持ち上げられたのだ。

彼は腰を押しつけるたびに、アリシアの尻をぐっと引き寄せる。ふたりとも着衣だというのに、ものすごい密着感があった。

それなのにアリシアはもっと近づきたい思いに駆られ、ぶらさがるように彼の首をかき抱き、自身の脚を彼の背に巻きつかせてしがみつく。顔を上向かせて喘いだ。

「く……そんな……締めて……」

「ふぁ？」

陶然としながらも、アリシアが薄目を開けると、真上に彼の顔がある。眉間にしわが寄っていた。だが、不機嫌な感じは全くしない、むしろ過ぎたる快楽に耐えているかのように見える。

「ファ……ティス……さ、まぁ……」

——あなたも、そうなの？

「アリシア」

——あなたも、辛いぐらいの悦びに身もだえて……？

「あ、ふ、あぁ……！」

彼の背を抱きしめる脚が、がくがくと震え始める。

彼の出し入れが性急になっていく。

「そんなに私をからめとって……！」

苦悩するような声で囁かれ、アリシアは目の前がちかちかしてくる。後ろに倒され、上体だけベッドに落ちた。いつの間にかベッドまで移動していたようだ。

さっきまでと違う角度で突かれ、アリシアはベッドに放り出した手でシーツを掴んで喘ぐ。

ファティスは彼女の脇に左手を置き、右手で強引に彼女の乳房を引き出して付け根を掴んだ。たわわな乳房が張り出す。

そうしながらも、楔《くさび》でガッと奥を抉《えぐ》ってはゆっくりと引き出し、また勢いよくねじ込む。

「ひゃ！」と、アリシアは、ひときわ甲高い嬌声を上げた。

彼に乳首をくわえられたのだ。

彼は抽挿しながら、彼女の乳頭を掬い上げるように舐める。すでに立ち上がった乳首が舐められるたびに反り返った。

「あっあっあっ……ファ……ふぁ……あっ」

アリシアは目からも口からも雫をこぼし、彼の腰に脚をすりつけていた。

「アリシア、今度こそいっしょに……」

「い……しょ……あぁ！」

「くっ」

アリシアの中で欲望が爆ぜる。

それを少しもこぼしたくないとばかりに、アリシアは蜜道をうねらせて呑み込む。やがて全身の力が抜けて、手のひらは開き、脚はぽたりと落ちた。

「アリシア……」

ファティスは上体を伏せて頰をすりよせ、彼女の名を呼んだ。

ぼんやりとしながらも、その囁きを耳にして、アリシアは狂おしいほどの幸福感に包まれる。

ファティスは性を外し、彼女のドレスを直した。ベッドの縁に座る。

しばらくして、アリシアは、彼の手にそっと手を添えた。

すると、ファティスが顔だけ振り向かせた。その眼差しはとてつもなく優しい。まるでアリ

シアを愛してくれているかのようだ。

――レディに優しくするのは騎士道？　それとも紳士道？

たとえ、そうだとしても、この一瞬を目に留めておけば、これからひとりぼっちになっても生きていける、そんな気がした。

ファティスはアリシアの手を取り、その甲にゆっくりと口づけする。手の向こうに輝くのは、凛《りん》とした彼の双眸。まっすぐにアリシアを見つめている。

アリシアは、自分の心臓が脈打つ音を聞かれるんじゃないかというぐらいドキドキしてしまう。


「踊っていただけますか」

意外な提案、しかも丁寧な言葉遣いである。

「え？　は、はい」

ファティスは扉の近くに落ちているパニエに目をやる。

「あれ、自分で着けられる？」

「はい、多分」

――前で結ぶだけって言ってたもの。

アリシアがベッドから下りると、意外な言葉が背後から投げかけられる。

「着けてあげたいけど、多分また我慢できなくなるから」

意外な言葉にアリシアが振り向くと、ファティスの片眉がぴくりと上がった。

「今、笑っただろう?」

「え、いいえ、おかしいなって少し思っただけです」

「やっぱり」

ファティスが憮然としてベッドに膝を立て、膝頭で頬杖《ほおづえ》を突いた。

──かわいい……。

大の男である王太子をそんなふうに感じるなんて、不思議なものだ。

アリシアは、パニエを着けているところを見られたくなくて前室を通り抜け、食事部屋に移る。装着し終えたころを見計らって、ファティスが入ってきた。

「この部屋が一番広い」

ファティスはアリシアと少し距離を置いて向かい合う。腕で優雅に円を描いて、胸もとに当て、少し前傾した。

アリシアも真似《まね》をすると、「これは男性の挨拶」と注意される。

顔から火が出そうになって両手で頬を覆った。

「恥じることはない、教えてあげるから。女性はこう」

ファティスが淑女のように左右のドレスを引っ張るようなしぐさをしてお辞儀をした。

アリシアは以前、貴族の女性を真似てお辞儀をしたとき、ただ、屈伸をするように膝を曲げて腰を落としていたが、実は左右の脚をクロスさせて曲げていたことがわかる。

ファティスの真似をして、アリシアは右足を左前に、左足を右後ろに出して屈《かが》んだ。こうすると優雅な動きになった。

「そう、上手だ。アリシアは頭がいいから、すぐ覚える」

とくんと胸が高鳴る。快楽ではない。人間として、心の奥底から湧き上がる喜びだった。

「うっ……」

喜びとともに涙までせり上がってきたようで、アリシアは手の甲で目頭をぬぐった。

「どうした？」

ファティスが、さっとハンカチーフを取り出し、そっと拭いてくれた。

──優しい。

「こっ、光栄でございますっ」

まるで軍人のような口調になってしまい、アリシアがしまったと思ったところで、笑い声が聞こえてくる。

明るく屈託のない笑いで、アリシアは目を丸くしてしまう。

——身分が高い方も、こんなふうに笑えるんだ。

「最初はそういうことを言われるのがいやだったんだが……」

——やっぱり、それで不機嫌になっていたのね。

「……これは君の性格なんだな。生真面目で、おかしい」

——真面目なのが、おかしい⁉

全く、王侯貴族の発想というのは平民には理解しがたい。

「テーブルマナーはほぼマスターした。今日はダンスの特訓だ。夕方にはここに楽団を呼ぶ。アリシアは呑み込みが早いから大丈夫だ」

——呑み込みが早い……！

その言葉をアリシアが噛みしめていると、ぷっという笑い声が頭上から落ちてきた。

「そして、アリシアは褒められるのに弱い」

「え、だって……」

ファティスが左右に、やや下がりめに手を広げた。

「もっと褒めてあげるから、手を広げて、右手だけ私の手に着けて」

「はい」

アリシアは左右にまっすぐ手を広げて、右手を彼の手に重ねた、すると指間にぐっと彼の指が食い込む。

——力強い、大きな手……。

ファティスは右肘を折り、アリシアの背に手を置いた。

「左手は、私の肩の上へ。ただし上腕は下げないで」

アリシアは手を広げた状態で、くきっと肘だけ曲げて彼の肩に手を置く。

「基本のステップさえ覚えれば、あとはなんとかなる。私がリードするから、私の脚から一定の距離を保って、合わせて」

「は、はいっ！」

また、彼の口角が上がったような気がした。

——返事の威勢がよすぎるのよね、きっと。

「歩くよ。まず私が右足を出すから、左足を後ろに退いて、一、二、三」

彼が大きく右足を出した。

あまりに滑らかな動きに気を取られ、アリシアは左足を後ろに退くのが遅れ、ぶつかる。

「あ、ごめんなさい」

「気にしない、もう一度、一、二、三」

今度は同時に足を動かせたが、どうしたら、こんなに優雅に動けるのかがわからない。とりあえず、一定距離を保つ。

「次は二回ターン。一、二、三、一、二、三」

彼が手でぐいっとうながしてくれたので、なんとか回ることができた。

「次は、後ろ向きにターン、一……」

アリシアはうっかり前に進んでしまい、彼にぶつかる。

「一回目だから当然だ。では後ろ向きに回るよ、一、二、三」

今度はきれいに回れた。しかも、ファティスが恋人のようにじっと見つめてくれている。

アリシアは次第に夢中になり、気づいたときには窓から入る日差しは緋色《ひいろ》に変わっていた。

コンコンとノック音がする。

「さあ、今度は素晴らしい音楽とともに」

開け放たれたドアから見える隣室の扉のほうにファティスが手を掲げた。

椅子を持った侍従と楽団員たちがどっと入ってくる。十何人もの楽団員たちが各々の楽器を手に、前室で配置に付いた。

食事部屋では、ファティスに手を取られ、アリシアは彼の肩に手を置く。

楽団員たちは、アリシアのことをなんだと思っているのだろうか。

——やっぱり、王太子様の囲われ者といったところよね。

そんな気持ちは、演奏が始まると、音色とともに吹っ飛んでいった。間近で聴く音楽は迫力があり、そして美しかった。

「踊らず、聴いていたい？」

ファティスが困ったように微笑んでいる。

「あ、ごめんなさい、聴き惚れてしまいました」

楽団員たちが、わずかに口角を上げた。

「音楽の途中からでも踊れる、一、二、三」

彼が右足を出したので、アリシアは慌てて左足を退く。

最初はそうやって、彼が口でリズムを取っていたが、だんだんとなくなっていく。

まるで音楽の中にふたりが溶け込んでいくようだ。

ファティスは興が乗ると、ターンするときに抱き上げたり、背に回した手で、びっくりするような方向に誘導したりする。

「たくさん踊っている人がいるところでは、違う方向に避けたりするのも重要なんだ」

「もっと、ゆったりした場所で踊っているのかと思っていましたわ」

「何せ、人が多くてね」

「まあ、王宮の広間なんて相当大きいでしょうに、そんなに多くの方が……」

自分は一生無縁だろうが、いつか垣間見《かいま》てみたい。きっと、たくさんの淑女の熱い眼差しを一身に受けて、王太子は優雅に踊っていることだろう。

だが、所詮は舞踏会もどき。ノック音とともに夢は覚める。

開いた扉の向こうにはあの、ルキアノスとかいう初老の侍従長がいた。

ルキアノスは、ファティスにこう告げる。

「殿下、そろそろ舞踏会が始まりますので、せめて楽団員だけでも……」

驚いて、アリシアはファティスに視線を送った。

ファティスはいつもの無表情だ。

「そんな時間か。私も楽団員も盛装しているから、あとは向かうだけだ」

アリシアは自分が傷ついていることを不思議に思う。

――自分のためだけに盛装してくれるわけないのに……。

ルキアノスはちらっと含意のある視線をアリシアに向けたあと、踵《きびす》を返す。楽団員たちも楽器を抱えてわらわらと去っていった。

「じゃ、すぐに夕食と侍女が来るから」

と、ファティスが背を向けたまま平然と言ってのけ、扉の向こうに消える。

侍従によって扉が閉められ、施錠の音がした。

アリシアはまた、この居室にひとりぼっちだ。

夢のような時間は一瞬で終わった。

アリシアのような平民は、いくら月桂葉の刻印を持っていても、お情けで舞踏会もどきを開いてもらえるぐらいで、本物の舞踏会になど行けるはずがないのだ。

ファティスのきまぐれはときに優しく、ときに残酷だった。

彼の言う通り、夕食とともにミレーヌとローズがやって来て、また食事の指導を受け、浴槽に浸《つ》けられる。

豪華な食事に、温かいお湯……そして、いそいそと世話をしてくれる侍女たち——。

平民のアリシアにはこれだって十分、夢のような出来事だ。

だが、心は沈んでいく。

今ごろ、ファティスはどんな美しい令嬢と踊っているのだろうかと想像するだけで泣きたい気持ちになるのだ。

平民の中にいるときは、貴族令嬢に対して劣等感を持つこともなかったし、むしろ、両親が人助けをし、自分もその手伝いができることを誇らしく感じていた。

が、ここにいると、どんどん自分の身分が恨めしくなる。

一通りの世話が終わると、侍女たちは去っていった。

アリシアはやることがないので、ネグリジェ姿で大きなベッドにぽふっと、身を預けた。

仰向けになると、黄金で装飾された白い天蓋が見える。つい一昨日まで小さな木のベッドに寝ていたのに、ずいぶんと昔に感じられた。

アリシアは目をつむって、家のことを思い出す。

──ママ、心配してるかな。

アリシアは、今度侍女が来たら両親への手紙を託そうと思った。薄情にも、そんな大事なことも忘れるくらい王太子に心を奪われていたようだ。

──私、享楽的な人間だったんだわ……。

ひとりでいると落ち込む一方だ。

とはいえ、ダンスで体が疲れていたので、いつのまにか寝入ってしまう。

このまま、この部屋に監禁されて子種を植え付けられる日々が始まるのかと思ったが、そう長くは続かなかった。月のものが訪れたためだ。

それから、ファティスの足が遠のいた。いくら子作りが目的とはいえ現金なものだ。

ダンスや食事でいっしょの時間を過ごし、少しでも心が通じ合ったような気になっていたので、アリシアの心は底なし沼のように沈んでいく。

そんな彼女の心を慰めてくれたのは、王宮の庭だった。

アリシアは、王宮を自由に歩き回ることができるようになったのだ。

とはいえ外はまだ寒い。貴族のドレスは胸もとが開いているので、毛皮のコートをまとった。どこに行くにも、侍女と近衛兵、各二名が付いてくる。

王宮の庭園は、昨年の建国記念日に来たことがあるが、平民に開放されたのは一部分だけだった。奥の庭園は、常緑樹が幾何学模様に配置され、葉だけでも十分美しいが、春になれば色とりどりの花々で埋め尽くされることだろう。

ただ、そういう自然を眺めていると、田舎が思い出され、父母はどうしているのかと心配になる。侍女に手紙を託したが、まだ返事はない。

ミレーヌにそのことを問うても、アリシアが王宮に上がってお喜びだとか白々しい言葉しか返ってこなかった。

連れて来られて二週間ほど経《た》ったころだろうか。豪華なドレスをお針子たちが持ってきた。その先頭にいるのは、少し奇抜なドレスを身に着けたモード商のファニという女性だ。

「まあ、王太子様が夢中になるのも納得のお美しさですわ」

そうにっこり笑って、お針子たちに体のあちこちを測らせ、終わると着付けの指示を出した。

レモンイエローを基調としたドレスで、胸もとは谷間が強調されているが、そこに絹のリボンが付いてかわいらしい。ただ、スカート部分は、ガーゼやレースで縁取られた生地がいくつも重なっていて重い。

最後に大小様々な色とりどりの宝石を組み合わせたネックレスを首に幾重も巻かれた。

――く、苦しい……。

正直拷問のようだが、これだけの盛装をするからには、ファティスが現れて、またダンスをしてくれるのではないかという予感に、アリシアは高揚していた。もう十日も会っていない。

着付けが終わると、髪結いが現れた。驚くべきことに男性だ。髪結いは男性が多いらしい。

「おお、美しいお顔に負けないような髪型にしないといけませんね！」

彼はそう褒めたたえながら、ネックレスと対になるような色合いのアクセサリーを頭に当てて、それを髪の毛でくるくると包《くる》み、月桂樹の造花や葉を飾り立てていった。

――すごい。

その手の器用さに、鏡に映る自身の髪をまじまじと凝視する。

と、そのとき、ドアのノック音が聞こえた。

――ファティス様……⁉

扉が開くと、鏡の中にファティスが映った。その美しさに息を呑む。

ファティスは草花が金糸で縫われた白い上衣とヴェストを着こなし、月桂花を模ったらしき黄色いアクセサリーを胸に着けていた。

「とても似合っている」

ファティスが目を細めた。

――似合っているのは、王太子様でございます～！

久々なので、ついつい発想が庶民に戻って、へりくだってしまうアリシアだ。

ファティスに手を取られて、アリシアは立ち上がる。

「今日はダンスの応用編だ。本番の衣装で踊るよ」

――本番？

「どこで、ですか？」

「舞踏広間は実は、この部屋から近い」

「広間？　舞踏会ですか⁉」と、驚きでアリシアの声が裏返る。

「安心して。今日はリハーサルだから」

ファティスが口角を上げげた。

――絶対、心の中で笑ってるわ。

もしかして舞踏会に招待してもらえるのだろうか。

そんなことを思いながら、ファティスに手を引かれ、たどりついたのは、想像以上に大きく、想像以上にきらびやかな白い広間だった。

広間の向こう側で楕円状《だえんじょう》に並んで座っている楽団員が、楽器を構える。そのうちの幾人かは、この間、部屋に来てくれた人たちだった。

幻想的なクリスタルのシャンデリアには蠟燭《ろうそく》が無数に灯《とも》してある。そのシャンデリアが、大きな広間のあちこちに吊り下がっていた。きっと夜になっても昼のように明るいのだろう。

その中央で、アリシアは長い裾を持て余しながら、必死で踊った。

「練習してなかったな?　少し下手になった」

ファティスが馬鹿にしたように、上から目線でそう咎《とが》めた。

「だって、ファティス様、いらしてくれないんですもの」

——いつ来るとも知れぬ男を思って、ひとりダンスの練習をしろとでもいうのか——。

心の中でそう悪態をついていたのに、ファティスが「なんだ、かわいいことを言えるようになったじゃないか」と、アリシアの脚を持ち上げて、後ろに倒した。

「きゃ、何を!」

と抗議をしようとしたところで演奏がやみ、最後にかっこいいポーズを決めたようになる。

——なんでもさまになるんだから!

ふうっとアリシアは息を吐いた。

「そろそろ時間だ」

ファティスはそうつぶやくと、「じゃ、いい子にしているんだよ」と、あっさり背を向けて去っていく。

アリシアは呆然《ぼうぜん》としてしまう。

月のものが終わっているので再び彼に求められるものだと思い込んでいたのだ。

——そうよね、相手は王太子様。忙しいんだわ。

そういえば、王太子が国王の仕事をこなしているようなことを聞いたことがある。

自分をそう納得させながら、ミレーヌに手を引かれ、アリシアはもとの居室に戻った。

それから数日、再びファティスが現れなくなった。

アリシアは気持ちを紛らわせようと、朝から王宮内を散歩する。侍女はローズともうひとりが付いてきてくれた。あちこちに月桂樹があるが、抱き着く気にもなれない。

——こんな生殺しにされるなら、いっそ村に帰りたい……！

「ねえ、ローズ、私これからどうなっちゃうのかしら？」

ローズが目を丸くした。

「ど、どうなっちゃうって？　今の暮らしがご不満ですか？　私なら楽しんじゃいますよ」

「そ、そう……」

ローズだって、自分の故郷から離れてここに出仕しているのだ。

「ローズはこれからどうするの?」

「ここでマナーを身に着けて、お給金を貯《た》めて、故郷で結婚したいんです」

「そう……夢があっていいわね」

アリシアにもこんな夢があった。母のような立派な薬師になって医師の夫とふたりでたくさんの人たちを助けるのだ。

――今更、まともな結婚なんかできやしない。

だが、問題はそれよりも大きかった。もし誰かと結婚したとしても、王太子のことが忘れられそうもない。いや、むしろ王太子以外に抱かれるなんて、想像しただけでも気持ちが悪くて、到底、無理そうだ。

アリシアはどんどん不安になる。

広間での、ふたりだけの舞踏会で何か嫌われることをしてしまったのか、それとも、貴族の『月桂樹の乙女』が見つかって今ごろ――そこまで想像して、アリシアは胸が苦しくなった。涙がこぼれそうだ。

――いつの間にか、こんなにもファティス様のことが好きになっていたなんて……。

第四章　夢のような日々

自分を囚えた王太子が現れないまま、またしても朝を迎えた。

――いくら忙しくたって、夜寝るときぐらい顔を見せたらいいのに……。

だが、起き上がると、いつもの朝と様子が違った。

ミレーヌとローズだけでなく、ほかの侍女たち数名、モード商のファニとそのお針子たち、髪結いまで勢ぞろいだ。

ファティスがこれから現れる予感に、アリシアは体の中が、ドクドクと自分の鼓動でいっぱいになったようになる。

アリシアはなるべく平静を装って、されるがままになった。繊細なレースが編み込まれた白のドレスを着せられ、背中にまで幾重にも真珠を垂らされる。

髪もまた、あの髪結いが器用に真珠のネックレスを使ってまとめあげた。

髪型が完成に近づくにつれて、アリシアは居ても立ってもいられなくなる。

――ファティス様、早く、早く来て、私の名を呼んで!

「はい、できあがり」

髪結いがそう言って、アリシアを皆に披露するかのように、モード商やお針子、侍女たちに向かって優雅にポーズを取った。

皆が歓声を上げて、パチパチと拍手をする。

当のアリシアは鏡を一瞥して、「ありがとうございます」と髪結いにお辞儀をしたらすぐに、視線の先を重厚な扉のほうに移す。

だが、その扉からファティスが現れることはなかった。

アリシアは、ミレーヌに手を引かれて回廊へと出る。どこに行くのか聞いても、「私の口からは……」と、ミレーヌは言葉を濁すだけだ。

少し不安になりながらも、アリシアはミレーヌに付いていく。背から垂れるプリーツがやたら長いので、ほかの侍女ふたりが垂れ布を丸めて持ちあげ、そのあとに続いた。

――この服、間抜けだわ……。

連れて行かれた先は、宮殿のすぐ隣にある白い聖堂の控室だった。ここには月桂樹が祀《まつ》られていて、装飾はすべて黄金の月桂葉である。

そこに両親がいた。貴族のような盛装をしている。こんな父母を見るのは初めてだ。

アリシアが母親に抱き着くと、ぎゅっと抱き返してくれた。

「私、手紙を何通も出したのよ。届いてない？」

少し離れていただけなのに、懐かしくて涙が出そうだ。

「届いているわ。でも、私たちが王太子様から聞いていたことと内容が違ったから、どう返事したらいいものかと……。そうしたら、あれよあれよと決まったでしょう？　返事よりもここに来るほうが早いわって……」

「決まった？」

眉をひそめたところで、背後からファティスの声がした。

「アリシア」

アリシアは、すごい勢いで振り向いた。

ファティスまで白い上衣をまとっている。月桂葉を模った見事な金糸の刺繍がほどこされていて、その上に星型の勲章の付いた青い肩帯を斜め掛けしていた。

——こ、こんなにかっこよかったかしら……。

あまりのまぶしさにアリシアは目を細める。

「お父上とお母上にも参列をお願いしたのだが、断られてしまってね」

「さ、参列?」

「何をとぼけているんだ?」

アリシアはファティスに抱き寄せられた。

「私たちの結婚に決まっているだろう?」

——はあ!?

アリシアは目を見開いたまま固まってしまった。

ファティスが背を屈めて、アリシアに耳打ちする。

「あんなことをしておいて、結婚しない気だったのか?　悪い娘だ」

アリシアは刮目《かつもく》したままファティスを見上げる。

——あなたに言われたくないわ!

と言いたいところだが、ぐっと我慢で口をつぐんだ。

ファティスが口角を上げた。作ったようなきれいな微笑だ。おそらく、アリシアの父母の手前いい子ぶっているのだ。

「まあ、まあ、いつの間に、王太子様と、こんなに仲良くなって……」

母が感激した面持ちになった。

「王太子殿下、うちの娘は跳ねっ返りで、貴族社会でやっていけるのかどうか……と心配しておりましたが、この様子でしたら殿下がお守りしてくださいそうですな」

父親までもが破顔する。

「もちろんです。この私が全力でお守りします」

両親がそろって、うんうんと嬉しそうに首を小さく縦に振った。

――だ、騙《だま》されてる！

ファティスがアリシアに視線を移し、してやったりと微笑んだ。

とはいえ、監禁されて、襲われたことを両親に告げても心配されるだけなので、アリシアは抗議したい気持ちをぐっとこらえる。

「あ、あれ？　でも、どうして参列しないの？」

アリシアは父母を交互に見た。

「アリシアが平民だと思われないほうがいいだろう？」

父が寂しそうに告げてくる。

とはいえ、貴族社会に今までいなかったのに、どうやって貴族のふりをしろというのか。

「参列しようがしまいが、私、平民でしょう？」

ここまで来ておいて参列しないなんて、理解できない。

彼女の二の腕を掴むファティスの手に力がこもった。

「お父上の同意を得て、アリシアはサマラス伯爵の養女ということになっている」

「サマラス……」

——誰、それ？

無性に不愉快な気持ちがせり上がってきた。

——この王太子様は、私に何も相談せずに全て勝手に決めてしまう！

そもそも子を産め、ばかりでプロポーズされた覚えもない。

——平民だからって、ペットのように扱っていいと思っているのかしら。

「アリシア、時間だ……」

ファティスに手を引かれながら、アリシアは顔だけ振り返った。

「パパ、ママ、また会いに来てね」

ふたりがうなずく。だが、心からうなずいていないように見えた。母にいたっては、目に涙を溜《た》めている。

おそらく、娘が遠い存在になってしまったと思っているのだろう。

「幸せになってね」

「王太子様と仲良くな」

侍従によって扉が閉められ、両親の顔が見えなくなる。

アリシアはしばらく、その扉から目が離せなかった。

――今、この扉の向こうに飛び込めば、もとの世界に戻れる？

ちらっと、ファティスを見上げる。

ひとりにされたときに、ずっと恋い焦がれた顔がそこにあった。

――いえ、無理だわ。

もとの世界に帰っても、ファティスのことばかり思い出してめそめそするのが関の山だ。この数日間で思い知った。

「あの、どこへ？」

アリシアは観念して、つかつかと回廊を歩くファティスに尋ねる。

「別室で、サマラス伯爵を紹介する」

「貴族の養女にして、私と結婚だなんて正気なんですか？」

彼が不機嫌そうにちらっと見下ろしてきた。

「いやか？」

「え、いやとかではなくて、昔、貴族と遊んだだけでも怒られたのに……」

ファティスが歩を止めて、アリシアと向かい合った。手首を掴まれる。

「痛い……」

「男がいたのか」

ファティスは不機嫌どころではない。柳眉《りゅうび》を逆立てた。

──ひぃぃ！　殺される！

「ちっ、ちがっ、違います！　子どものころ、小さいころの話なんです！　父が貴族の邸宅に往診していて、そこの家の子と遊んでいたら、怒られて……！」

本当は、怒られるどころではなくて、父親は王都の名医だったのに、郊外の村に転居するはめになったのだ。幼心に深く傷ついたので、これ以上、話したくなかった。

ファティスは目を眇《すが》めた。

「その貴族の名は？」

「小さいころのことなので、もうわかりません。顔もよく覚えてないし……それはあちらもそうだと思います」

「アリシアはそうやって、すぐに男を引き寄せる。早く結婚を決めてよかった」

──そんな理由で？

アリシアがぽかんとしていると、彼がぷいと顔を背けて、再び歩き始めた。手首は掴まれたままだったので、そのまま引きずられるようにアリシアも歩く。

「それに、結婚前に子ができたりしたら、格好悪い！」

――うそ～！

ファティスがやはり善良な人間のように思えてくる。

その後、サマラス伯爵夫妻に紹介された。

お互い他人行儀にお辞儀をする。

初老の伯爵は両手を広げて満面の笑みだ。

「こんなかわいらしい方が私の娘だなんて、嬉しい限りですよ」

「お美しくていらっしゃる」

隣で夫人もにこにこしている。

「わからないことだらけですので、どうかよろしくお願い申し上げます」

アリシアが頭を下げると伯爵が恐縮した面持ちになった。

「いつでも遊びにいらしてください」

それにしても伯爵が平民を養女にしてくれるなんて、王太子の権力のなせる業《わざ》なのか、それとも月桂樹の威力なのか――。

その部屋を出るとすぐにファティスが立ち止まった。

「今日は結婚式、あと、バルコニーで国民に挨拶、晩餐会《ばんさんかい》に、舞踏会とフルコースだ」

この男が今後の予定を教えてくれたのは、これが初めてではないかと思う。

不審げな眼差しを送ると、ファティスは「そんなにいやか」と険しい表情になった。

――結婚は、嬉しい。

「事前に知らせてほしかったんです」

「……びっくりさせてやろうと思っただけだ」

――本当に、そんな理由……?

そもそも、アリシアはファティスの父親に会ったことがない。

「国王様とは、結婚式でご挨拶するのですか?」

ファティスの表情が曇った。

――どういうこと……?

「父は体調不良でね。ここ一年近く、公《おおやけ》の場に出ていないんだ」

――うそだわ!

根拠はない。直観だ。

「そ、そう……それは残念ですわ」

「うん。私も残念。今日ぐらいはと思っていたんだけど」

そもそも国王が宮殿のすぐ隣にある聖堂に出てこられないなんて、そんなことありえるだろうか。

もしかしたら、国王は息子が平民と結婚するのをよしとしていないのではないか、そんな思いが頭をもたげる。

そんなもやもやを抱えながらも、すぐに結婚式典が始まる。

白いドレスで着飾った少女たちに、やたら長い垂れ布を持ち上げられ、アリシアはファティスの横で、聖堂の入り口から、おずおずと足を踏み入れる。

彼が屈んで顔を近づけてきて、「もっと堂々と」と耳打ちしてきた。

——そうよ、平民だって馬鹿にされないようにしないと！

アリシアは顎を上げて微笑を作り、優雅に歩く。

参列する貴族たちの視線を一身に浴びた。

皆の口もとに微笑がたたえられていたので、アリシアは少しほっとする。

祭壇の前で祈りを捧《ささ》げ、あっさりと結婚が成立した。

お次は、バルコニーに出て民衆に挨拶だ。このときばかりは王宮の庭は国民に開放されており、皆、口々に歓声を上げ、大いに盛り上がっている。

アリシアはここに自分が立っていることを誇らしくも寂しくも思う。

——本当は、私、平民なのに。

民衆たちは、自分のことを伯爵令嬢だと思っているのだ。

――私も同じ平民なんです！

アリシアはそう伝えたい気持を抑え、微笑みをたたえて優雅に手を振った。

「みんな、美しい王太子妃に夢中だよ？」

ファティスに耳もとで囁かれ、腰を抱き寄せられる。

アリシアは、それだけで、結婚してよかったように思えてきた。

――ほんと、私、この王太子様に弱いんだから……！

民衆はいい。仲間と対面するような気持ちで臨めた。

問題は晩餐会である。

貴族たちの好奇の眼にさらされ、アリシアは食欲など湧くはずもない。

だが、その席上で、ファティスはアリシアに顔を近づけ「緊張してる？」と小声で聞いてくれた。

そうやって気にしてくれる、その気持ちだけで、アリシアはお腹がいっぱいになったような気がした。

が、気だけだった。

しばらくするとお腹が鳴り始めた。

おそるおそるアリシアがファティスのほうに目をやると、ファティスは横目でおやおやという感じで見下ろしている。

顔がかああっと熱くなるのを感じていると、優しい声が降ってきた。

――恥‼

「少し、食べたら？」

アリシアがまだマナーに苦手意識があると思ったのか、ファティスがラム肉を小さく切って、アリシアの口もとまで持ってくる。思わず口を開けると、中に放り込まれた。

アリシアはもぐもぐとしながらも周りを見渡した。

皆が皆、信じられないという眼差しを向けている。

それなのに、ファティスはアリシアをじっと見つめて「今日は料理長がはりきっている」と、微笑さえ浮かべる始末だ。

――〝王太子様〟は、人の視線に無頓着なんだわ！

晩餐会が終わると、アリシアはもう疲労困憊《ひろうこんぱい》で、早く帰りたいという気持ちになるが、ならばどこに帰ればいいのかが自分でもわからない。

このあとは、最も難関である舞踏会が待っている。

――結婚するってわかっていたら、もっと必死に練習したのに～！

舞踏広間の中央壁際に三段の低い階段があり、銀糸で月桂葉が模られた青い敷布が敷いてある。最上段に黄金の椅子が三脚並んでいて、うち二脚がくっついている。アリシアはファティスに導かれて、そこに腰を下ろす。

国王のものだと思われる、少し離れた一脚は空のままだ。

やがて貴族たちが集まってきた。今日は結婚披露を兼ねているということもあり、いつもより多いのだろうが、この巨大な広間がたちまち人で埋め尽くされる。

だが、中央のひときわ大きいクリスタルのシャンデリアのもと、煌々《こうこう》と照らされたところだけが大きく空いていた。

ここで王太子夫妻のファーストダンスが披露されるのだ。

アリシアは小さく震えた。

青、緑、薄茶……数えきれない貴族の瞳に囲まれて、ただひとり平民のアリシアは、その頂点に君臨する男と慣れぬダンスを踊らなければならないのだ。

「アリシア……」

隣の椅子からファティスが上体を乗り出し、アリシアの肩を抱いた。

「ファティス……」

舞踏会で踊るファティスを想像したことがある。垣間見られたらそれだけでいいと思った。

あのときは、ただ憧れているだけで、ある意味幸せだった。

——今は、怖い。

こうやって、ファティスがアリシアと仲睦まじそうにするたびに、貴族の女性たちの視線が鋭くなる。

「大丈夫。私がリードしてあげるから、おいで」

彼に手を取られ、いっしょに立ち上がる。

「は、はい。頑張ります！」

ファティスに苦笑された。

王侯貴族は〝真面目〟を面白く感じるのだろう。

「頑張れ、いや、頑張ろう、いっしょに。私たちは結婚したんだから、これからずっとともに頑張って行こう」

アリシアは、このときやっと、ファティスと本当に結婚したような気持ちになった。

——どうしよう、泣きそう。

泣いている場合ではない。艶然と微笑んで、優雅にダンスをこなさなければならない。

ファティスは、まるでいつもの散歩道でも歩くように軽い足取りで広間中央へとアリシアを誘《いざな》った。

これがアリシアの社交界デビューとなる。

サマラス伯爵夫妻が一番前に出て、にこにことして見守ってくれていた。

アリシアがこの伯爵夫妻の本当の娘だなんて誰も思っていないだろう。だが、この伯爵夫妻だけは味方であるような気がして、養女になれてよかったとさえ思う。

「さあ、楽団が音楽を奏でるよ」

ファティスが楽団のほうに顔を向け、少しうなずいた。

すると広間じゅうに楽曲が響き渡る。

ファティスが滑らかに右足を差し出す。

「一、二、三」と、小声で囁いてくれた。心配しているのだろう。

——外野の視線を気にするのはやめだ。

アリシアは、ぴんと背筋を伸ばし、ファティスをじっと見つめる。食事部屋で踊っているとき、音楽に蕩《とろ》けそうになったあの感覚を思い出すのだ。

——そう、今は、世界にたったふたりだけ！

ふたりの息の合ったダンスに歓声が上がる。が、アリシアの耳には届かない。

いつしか、ファティスはリズムを口にするのをやめた。

彼の瞳に熱いものが宿る。

——私も今、きっとこんなふうにファティス様を見ているわ。

周りを囲む淑女たちは、アリシアに嫉妬と蔑みの混じった冷たい視線を送っていたが、ふたりにそんなものは届かない。

音楽がやんで、アリシアはやっと我に返った。

アリシアはファティスと手を繋いで並び、ふたり同時に、繋いでないほうの手で半円を描いて、自身の胸に当てて挨拶をする。

巨大な広間に地響きのような拍手が鳴り渡った。

拍手がやむと、貴族たちがダンスフロアへとなだれ込んでくる。

ファティスはアリシアの手を取り、皆とは逆方向、玉座のほうに歩を進めた。

ふたりが王太子夫妻の黄金の椅子に着くと、前に広がる階段で列になっていた貴族たちが順繰りに挨拶をしてくる。

皆、美辞麗句を並べ立てるだけだ。

アリシアはそれよりも、向こうで踊る淑女たちの視線のほうが気になる。

踊りながらも、こちらをちらちらと観察している。あきらかに敵意がにじんでいた。

平民が月桂樹に選ばれるなどありえないと思っているのだろう。

——自分が一番そう思ってるわ。

そんな気持ちが伝わったのか、挨拶の切れ目にファティスが手を伸ばし、アリシアの手をぎゅっと握った。

「大丈夫、そのうち慣れるから」

ファティスが熱のこもった眼差しで見つめてくる。

おかげで、女性陣たちの視線は鋭さを増す一方だ。

「み、皆様がご覧になっています」

アリシアは手を振りほどこうとしたが、ファティスは離すどころか、その甲に口づけた。

「見せつけてやればいい」

一部の女性が鬼の形相となる。

——ちょ、ちょっと～！

深夜にやっと舞踏会が終わり、アリシアはファティスに手を引かれて回廊を歩いていた。

王太子妃の居室の前で、ちゅっと頬にキスをされる。

「じゃ、あとで」

彼は少し手を上げて、機嫌よく去っていった。

——あとで……。

あとで、彼の寝室に来いということだ。

かああと顔を赤くしたところで、侍従ふたりが扉を開けたので、アリシアは中に足を踏み入れる。

閉じ込められていた居室よりずっと豪華だ。

――ここが自分の部屋だなんて、実感が湧かないわ……。

ミレーヌとローズの「おかえりなさいませ」という声が奥の部屋から聞こえてきた。

やっと、ここが自分の帰る場所のような気がしてくる。

この王太子妃の居室は大きな扉を開けると、まずは前室、その左右にはそれぞれ侍女の控室と近衛兵の控室があり、応接室、さらにもう三部屋、最も奥が寝室で、大家族全員で住んでも余裕があるくらいの大きさだ。

着替え用の部屋へと誘《いざな》われ、大急ぎでドレスを脱がされる。浴槽にはすでに湯が張ってあり、そこに浸され、気持ちいいと思ったのも束の間すぐに出されて、体を拭かれ、頭から、ずぼっと夜着をかぶせられ、ガウンをはおらされた。

――この急ぎ方……絶対そうだわ。

おそらく、一刻も早く連れてくるよう、王太子の命令があったのだろう。

最後に睦み合ったのは二週間前だ。

──ファティス様とあんなことをしたことがあるなんて……今思えば信じられないわ。

「さ、参りましょう」

ミレーヌに手を引かれてアリシアが前室に出ると、侍従がふたりがかりで扉を開けてくれた。

王太子と王太子妃の居室は隣り合っている。それでも両居室ともに大きいものだから、しばらく歩いてやっと着いた。

王太子の居室の前には近衛兵が立っており、アリシアを認めると、すぐに扉を開いた。

「では、ごゆっくり」

ミレーヌが意味深な笑みを浮かべている。だが、扉が閉まり、すぐに視界から消えた。

「アリシア、待ちかねたよ?」

背後から、素肌にガウン一枚をはおっただけのファティスが現れる。

部屋に閉じ込められていたときも、ファティスは服を着ていたので、そんな姿を見たのは初めてだ。アリシアは、それだけでドキドキしてくる。

「きゃ!」

「捕獲」

ファティスにいきなり抱き上げられた。目の前に彼の顔がある。

毛束を手に取られ、髪に口づけを落とされた。

「髪を下ろして……夜着姿なんて新鮮だな」

――ファティス様も同じことを思っていたなんて！

アリシアは嬉しくなって、彼の首をかき抱いた。

「まだ襲わないで」

ファティスがそんな冗談を言うなんて信じられない。

彼はとにかく上機嫌で、つかつかと足早に歩いた。扉に近づくたびに、侍従たちが扉を開けていく。五回扉が開かれると、寝室に着いた。

真ん中にある巨大な黄金のベッドは、金糸の刺繍が施された布で囲まれている。視線を上げると天蓋も黄金だった。

――こんなところで毎晩寝ていたのね……。

豪華さだけではない。大きさだって、アリシアの実家のベッド五台分くらいありそうだ。

あまりの格差に面食らっていると、ガウンをはぎ取られ、夜着一枚で、いきなりベッドに仰向けに下ろされる。栗色の髪がふわっとシーツに広がった。

ファティスが片膝を突いてベッドに乗り上げる。仰向けのままのアリシアに寄り添って側臥《そくが》となり、肘を突いて自身の頭を支えた。

そこにアリシアがいるのを確かめるように、ファティスはアリシアに指を這わせる。

彼は人差し指で、彼女の鼻筋をたどり、小さいがぷっくりとふくらんだ唇をなぞって一周したあと、口の中に差し込んだ。

「んぁ」

アリシアは少し困ったような顔を彼のほうに向けた。

「アリシア……君がここにいるなんて、夢のようだよ」

大真面目にこんなことを言ってくるものだから、アリシアは呆気《あっけ》に取られる。指が外れた。

ファティスは濡れた指で唇をなぞり始める。

「ファティス様……わ、私こそ……現実じゃないみたい……です」

ファティスの顔が傾き、罰するかのように上唇を軽く噛まれた。

「いけないよ、様なんて付けて」

「え？　王太子様を呼び捨てに……？」

「それをいうなら君は〝王太子妃様〟だ」

アリシアにも、だんだんわかってきた。彼は王太子扱いを嫌う。

――私が、『月桂樹の乙女』扱いされるのがいやなのと、同じ？

「ファ……ファティス……」

「そうだ。私のアリシア……」

彼の指が、首筋をつつつと下がっていき、やがて、彼から遠いほうにある乳房を這い上がる。

「ん……」

布越しとはいえ、久々に彼に胸を触《さわ》られ、アリシアは全身の感覚が一気に研ぎ澄まされるのを感じた。

乳房の頂点まで指がくると、夜着の上から先端をつままれる。それだけで下肢を熱くしてしまう。

どれだけ彼に飢えていたのか、今になって思い知らされる。

「ふぅ……ん」

アリシアは横目で彼を見つめながら、首を反《そ》らせた。

「そんな色っぽい目で見て……私をどこまで狂わせる気だ?」

ファティスは、夜着の上からもわかるほどに尖り始めた突起を指先で捏《こ》ね回し、アリシアが恍惚《こうこつ》の声を漏らしたのを認めると、再び人差し指を下げていき、臍《へそ》の上を通過して、下肢へと向かう。

体にゆっくりと這う指の感触に、アリシアは、びく、びくと、小さく体を揺らしてしまう。

「指が触れているだけだよ?」

耳もとにもたらされた囁きには、少し喜びが含まれているように感じた。

「だ、だけじゃない、わ……」

やがて指は、花弁の手前で、もうひとつの突起を探し出し、その上をいったりきたりする。布でこすられる感じがたまらない。

「ファ……ファティス……」

顔をファティスのほうに向け、アリシアは、彼のガウンをきゅっと掴んだ。

——こんな、焦らすようなこと……！

アリシアが彼を見つめて訴えているというのに、ファティスは相変わらず観察するかのように冷静な眼差しを落としてくる。

「こうしていると、だんだんふくらんでくるよ？」

蜜芽が硬さを持ち始めたので、いつしか指先で弾《はじ》くようになっていた。

「あっ、そんな、あっあっ」

アリシアは、今度は脚をびくっびくっと痙攣させる。

ファティスは満足したように微笑み、中指を太ももの間《あわい》に沈める。絹布をまとわりつかせながら、彼女の中で媚肉をかき分けていく。

アリシアは腰をくねらせた。

「こんなに濡らして……」

ファティスが身を乗り出す。

アリシアの開けっ放しの口、その唇をファティスは舐め回し、口内を舌でいっぱいにする。

「…………ん、ふぅ」

これから起こることを連想させるその行為に、アリシアの腰がねだるように揺れる。

彼の口角が上がった。

「いいよ、そうやって、もっと私を欲しがって」

ぐっと中指を奥まで差し込まれる。

「ああ!」

アリシアは悦びの声を上げた。

彼は中指を出し入れしながら、尖った花芯を布越しに親指でかわいがる。

「ふ……くぅ……んっんっ」

同時にそんなことをされては、たまらない。

追い打ちをかけるかのように、ファティスは彼女の腕を持ち上げ、腋の下から顔を出して、乳房の頂を布の上から甘噛みした。

「あ……ああ!　ファ……ファティ……」

快楽の源を三カ所も同時に征服され、アリシアの下肢に熱いものが集約していく。

「ひくひくしている。気持ちいいんだろう？　子作りなんて口実はもういらない。自分の快楽に忠実になり、いや、なろう」

彼が抽挿する指をもう一本増やし、奥までぐりぐりとねじ込んだ。

「あっあっあっ」

アリシアは腰を浮かして喘ぎながら、彼の言葉に酔いしれる。

――子作りなんて口実はもういらない。

彼女を縛っていた鎖が解き放たれた。

しかも、ファティスが布ごとちゅばちゅばと乳首を吸い、下肢では、あふれる蜜の中で、指を出し入れしてくる。

彼女の体内でうねるように燃え上がる情欲、その炎はアリシアを絶頂まで押し上げていく。

やがて全身から力が抜け、アリシアは肩ではぁはぁと荒い息を漏らすことしかできない。

ファティスは指を外し、ぐったりした彼女から夜着をはいだ。

アリシアは気だるくて、なされるがままだ。

「アリシアはすぐに果ててしまうから、一回軽く達したほうがいい」

ファティスは上体を起こして、自らのガウンを脱ぎ、ベッドの端に放《ほう》る。

その鋼のようにたくましい体躯《たいく》をアリシアが目にするのは初めてのことだった。横から蠟燭に照らされ、胸筋に影が付いて浮き彫りになっている。

肉体労働をしているわけでもないのに、どうしてこんなに鍛えられているのだろうか。

——あ、きっと剣の稽古とか？

ファティスがアリシアの太ももの間に割り入って膝立ちになる。

彼の手が伸びてきて、親指で顎を押さえられた。下唇が引っ張られ、彼女の口は少し下に開く。

「また違うことを考えていただろう？」

「また？」

「アリシアは何かほかのことを考えてぼんやりしていることがある。今何を考えていた？」

「え？　ファティスは何か運動をしているのかなって」

ファティスが意外そうな顔になった。

「なんだ、私の体のことを考えていたのか、それなら赦《ゆる》す」

「か、体だなんて、そ、そんなこと考えて……ません！」

——これじゃあ痴女だわ！

「だって、そうだろう？」

彼が自身の体を見下ろした。

「なんでもできるよ。君を抱き寄せて乗馬することも、ふたりきりでボートを出すことも、そして剣で君を守ることも」

アリシアは嬉しくてきゅんと胸が締めつけられるようだ。

それにしても最初はあんなに高圧的だったのに、どうしたらここまで豹変《ひょうへん》できるものなのか。

「あ、あの、最初は子どもが目的みたいだったのに、どうして結婚を？　あんなにくれたのに子どもができなかったから？」

ファティスが面食らったように片眉を上げた。

「あんなにって……」とファティスは言いかけたところで、こほんと咳をして続ける。

「君は率直だな。でも、まあ、三日でできるようなものでもないし……いや、それはうそだ。アリシアは騙《だま》せない」

「え？」

騙すなんて不穏な言葉だ。

彼は両手でアリシアの頬を包みこむ。

「正直――アリシアに会う前は乗り気じゃなかった。ただ、なんの因果か王族は『月桂樹の乙女』としか子がなせないから……」

——本当にできないんだ……。

「でも、私は運命に逆らいたかった。だから、すぐには認めたくなかったんだが……」

ファティスがちゅっと唇を軽く重ねてきた。

「愛してしまったんだ、君を」

——え、えええええー？

アリシアが目をまん丸としていると、高い鼻が当たらないように、彼が顔を傾ける。再び口づけされた。

「君も乗り気じゃなかっただろう？　私もひどい制度だと会うまでは思っていた」

「お、思っていた？」

アリシアは驚きのあまり、おうむ返しだ。

「きゃ」

アリシアはファティスに抱き起こされる。向かい合って体を密着させた。彼の胸筋に圧《お》され、乳房がつぶれる。彼の雄は反りあがって尻の谷間を圧迫していた。

「……あ……」

「……く」

肌と肌が直に触れ合うのはこれが始めてで、それだけで運命のふたりは、ひとつになったように溶け合う。

アリシアは彼の大腿に座り、彼の腰を太ももでぎゅっと挟む。それでも彼のほうが背丈が高く、ファティスは背を屈めて、彼女の額にキスをした。

「王太子と『月桂樹の乙女』は、どうしようもなく惹かれ合うそうだ。だから、この制度は理にかなっている。おかげでアリシアと出会えた。今は自分の運命に感謝しているよ」

——結局、月桂葉に惹かれたのね……。

少し寂しい気もするが、それでもいい。でないと、王太子と平民の人生が交錯することなどなかっただろう。

おかげでこうしてファティスに愛してもらえた。アリシアこそ運命に感謝したいぐらいだ。

「アリシアも私を好きになってくれた？」

「ええ、最初は怖かったけど……」

「気のない返事だな」

「あ……」

ファティスがふたりの間に手を差し込み、蜜孔に浅く指先を差し入れて、ちゅくちゅくとかき回す。

「こっちのほうが正直だ」

そこはすでにしとどに濡れていた。

「そ、そんな……あ、あん」

アリシアは彼の背にしがみつく。

「最初は怖かった。なら、今は？」

「いっいま？」

ファティスは彼女の背を腕で支えて少し後ろに倒す。屈んで、乳頭にかぶりついた。

「あ……そんなっ」

ちゅうっときつく吸ったあと、唇を離して上目遣いで再び問う。

「今はどうなんだ？」

彼の唇がもう片方の乳首に移り、そこをべろりと舐め上げ、舌先で嬲《なぶ》ってくる。

「ふ、ふぁ……今……気持いい、気持ちいいのぉ……‼」

「そうきたか……」

彼は唇を離して再びぎゅっと抱きしめ、指をぐっと奥まで差し込んだ。

「や、やだ、また……また……だめになっちゃう」

アリシアは自分でもわかった。もの欲しそうに、彼の指を締めつけているのが。

「いいよ、だめになって？」

彼が指を外すとき、蜜壁をこすられ、アリシアは喘ぎながら顎を上げた。自身の髪の毛がぱさりと背後に落ちたのを感じる。

――裸で抱き合うと、こんなに気持ちいいなんて……！

彼の舌がアリシアの歯列を割り、喉奥まで届く。

「………んっ……ふ……」

ファティスに腰を掴まれ少し尻を浮かされたかと思うとすぐに切っ先をあてがわれ、太く硬い情熱で隘路《あいろ》をみちみちとこじ開けられた。

「あ……あぁ」

やがて、ずん、と中を彼でいっぱいにされる。

アリシアは気づいたら頬を彼の胸にこすりつけていた。がっしりしているのに滑らかなその感触に気が遠くなりそうだ。

まるでひとつの塊に戻ったようで、ファティスはしばらく抽挿も忘れて、アリシアをぎゅっと抱きしめていた。そうすると、自身の雄をくわえた彼女の媚壁がきゅっきゅっと圧してくるのがよくわかる。

「アリシア……今日は〝奥様〟が動いてよ」

「お、奥様？」

平民みたいな呼び方をされて、アリシアは戸惑う。

「〝旦那様〟はもう降参だ」

「え、でもどうしたら……」

ファティスはアリシアの腋の下を掬い上げて固定し、自身はシーツにぼふっと後ろ向きに倒れた。

そのとき彼女の中で怒張が動き、アリシアは「あん」と小さく呻く。

アリシアは剛直を中に取り込んで腰に跨り、彼の腹に手を突いていた。

「アリシアの中、うねってる……」

「え、ええ?」

「動いて」

「ど、どうやって?」

「こうやって」

ファティスに腰を掴まれ、アリシアは体ごと前後に揺すられる。

「あ……ふぁ……あん」

「こうしたら、気持ちいいだろう? 自分で気持ちよくなってみて。そうしたら、アリシアがどういうときに気持ちよくなるのか、わかるだろう?」

「は、はいっ！」

彼の口の端が上がった。

――絶対、面白がってる～！

アリシアは、ごくりと唾を飲み、おずおずと腰を前後に揺さぶった。

「ん……いい、いいよ」

そう言われて、アリシアは嬉しくなる。自分が気持ちいいことをすれば、ファティスだって気持ちよくなるのだ。

「わ……私、頑張る！」

ファティスが手で双眸を覆い、くっくっと笑い出した。

アリシアはまたやってしまったと恥ずかしくなる。

「わ、笑っていられなくなるんだから！」

彼が双眸から少し手を浮かせた。

「頼もしい」

そんな所作も、この王太子はとてもさまになっていて、アリシアは惚れ惚れとしてしまうが、気を取り直して腰に力を入れた。

――そうよ、あの社交ダンスのリズムを思い出すのよ。

心の中で彼の一、二、三という低くて通る声を再生させながら、そのたびに腰を前に押し出した。

「三拍か、いいね」

——バレバレか。

前に出るたびに、腰に力が入るせいか、下腹の奥深くを抉られるようで、アリシアは次第に、「ふぁ、ふぁ」と力なく喘ぎ、上体をふらふらとさせ、やがて前に倒れ込みそうになったところを、ファティスに支えられる。

「ほら、奥様はすぐにだめになっちゃうから」

ファティスはあまり感情を出さないが、嬉しそうな声だ。

腋の下と腰を彼の大きな手でがっしりと掴まれたかと思うと、アリシアの細腰は円を描くかのように揺さぶられ、熱棒で中をかき回される。

「あ……あふ……」

アリシアは彼の腕をきゅっと掴んで、首を傾げて甘い吐息をもらす。

「そんな声で……アリシア……」

彼女が上体を弓なりにしたので、前に倒れるおそれがなくなる。ファティスは腋の下から手を外し、きゅっと乳首をつまんだ。

「はあ……ん！」

ふるふると揺れる乳房をファティスが掬い上げて、尖った乳首を親指でぐりぐりとこね回す。

「あっあっ」

――まただ。

胸をいじられると下腹が疼《うず》き、彼女の蜜襞が雄芯に巻きついて奥に誘うかのように蠢《うごめ》く。

「いいよ、アリシア……感じているんだね？」

「きも……ち……あっあっん……いぃ」

気持ちいいと答えることさえ難しくなってきた。

「アリシア、そろそろだな……」

「んっんんん、んっ」

彼が何度も奥まで貫いてくる。

太ももに腰がぶつかる破裂音とともに、彼女が滴らせた甘露の水音が響く。

「あ、はぁ……こんなっ……もぅだっめぇ」

乳房に食い込む彼の指、その指がときおり乳首を掠める。彼女の中に入り込んだ彼の熱塊は、隘路を押し開いただけでは満足せずに子宮口までをも圧する。

「ファ……ファティッ！」

アリシアが前のめりに倒れそうになったところをファティスは手で支えて吐精した。ぶるっと胴震いしたあと、彼はアリシアを前倒させて自身の胸板で受けとめ、ぎゅっと抱きしめる。

「ふ……ふぇ……」

アリシアは感極まって涙を流し始めた。

ファティスは彼女の頭を撫でながら、横向きに倒れ、アリシアから性を抜き取る。

久方ぶりに褥《しとね》をともにしたふたりは、朝まで何度も何度も睦み合うのだった。

第五章　疑惑の種

ファティスは仕事の合間を見つけては、王太子妃の居室に顔を出す。午前や午後がまるまる空いたときには、いっしょに庭を散歩したり、乗馬に出かけたり、と幸せな時間をともに過ごした。

馬車など持たぬ平民のアリシアは普段から馬に乗っていたので、貴族の女性に比べるとかなり乗馬がうまく、ファティスは速さを合わすためにゆっくり走る必要がなかった。

ある小春日和の午前、アリシアはファティスに王宮内の湖へと案内される。裾の短いドレスをまとい、彼に付いていく。

弧を描く白い優雅な階段を下りると、両脇の白い角柱の上に大きな陶器の鉢植えがあり、そこからあふれるように色とりどりの花が咲いている。

湖には黄金の装飾で模られた一艘《いっそう》の白い小船が浮かんでいた。三日月のように前後が尖っていて、優雅なフォルムだ。

アリシアはファティスに手を取られる。

「こんな暖かい日は格別に気持ちいいよ？」

ファティスがまず先に乗って、彼女の手を支えて、アリシアを中に誘《いざな》う。乗った瞬間だけ、船が少し揺れた。静謐《せいひつ》な湖面に、円形に波紋が広がっていく。

湖には木々が映り込み、どこからともなく鳥の囀《さえず》りが聞こえてくる。

「本当に、素敵……」

「だろう？」

自慢げにファティスの口の端が上がると同時に船が滑らかに進み始める。ファティスがオールをゆっくりと前後させていた。

アリシアは周りを見渡す。

「春になったら、月桂樹が花を付けて、夏が近くなったら、モクゲンジが花を……あら、黄色い花ばかりですわね」

「そう、そうなんだ。今は葉さえ生えていない木もあるが、冬以外は年中、黄色い花が見えるようになっているんだ」

ファティスに感心したような眼差しを向けられ、アリシアは照れてしまう。

少し視線をずらすと細長い緑の葉を重々しげにぶらさげたヤナギがあった。

「あ、ヤナギもそういえば花の穂が黄色……」

そういえば、初めてのとき、デキャンタの液体にヤナギの樹皮が使われているのでは、と話した。

アリシアはちらっとファティスを見上げた。

──忘れてるわよね？

「何？」

「あ、いえ、ヤナギ、大きい、そう、大きなヤナギだと思いまして！」

ファティスの片眉が上がった。アリシアはこの意味をとらえかねる。

──何か考えているとき？　それとも不機嫌？

「じゃ、近くまで行ってみよう」

ファティスがオールを前後させながら、笑顔を作った。心から笑ってはいないように見えた。

ヤナギの枝は末端の葉が湖面に着くぐらいにしなだれかかっている。

ファティスはヤナギの細長い葉でできたトンネルへとボートを進めた。

ヤナギの葉を頭上に見上げるのはなかなか幻想的である。陽を受けて、葉がいつもより透き通って見える。

気づくと目の前にファティスの顔があった。

「え?」

ファティスが首を伸ばして唇を重ねてくる。

「ちょっと、ここは人の目が……」

アリシアが彼の頬を手のひらで押しやると、ファティスが目を眇めた。

「ないよ」

「え?」

アリシアはきょろきょろと周りを見回した。確かに、ヤナギに隠れて、外からは見えなさそうだ。

——そういう問題じゃないわ!

「け、景色を楽しみましょうよ!」

「私より景色のほうがいいだなんて……新妻失格だな」

「どどどっちがいいとか悪いとか、そういうわけじゃ……んんん」

再び口が塞がれた。さっきのように唇が触れるだけではなく、アリシアの口を覆うようにして、深く舌を差し込んでくる。

これはただのキスではない、前戯のキスだ。

——全力で押しのけないと……。

そう心では思っているのに、手が動かない、彼の瞳は半ば閉じているが、輝く黄金の睫毛の隙間から、陽光を浴びて普段よりも透明感を増したエメラルドグリーンが光っている。

──いつまでも間近で見ていたい……。

しかも、口内では彼の肉厚な舌が蠢《うごめ》いている。アリシアの頭は早くも甘い痺れに浸され始めた。

一旦、唇が外れたが、ふたりの間を透明な糸が繋いだままだった。その糸さえも木漏れ日できらめく。やがて繋がりが途切れると、彼が再び口づけしてくる。そうしながら、ファティスが片腕をアリシアの腰に回して、ぐいっと抱き寄せた。

あまりに強引だったので、アリシアは、ファティスの胸にしなだれかかるようになる。

「……ふぁ」

唇が外れたが、今度はそれどころではない。いつの間にか彼の両手がアリシアのスカートの中に入り込み、両太ももを這い上がってくるではないか。

「え、あ、こんなとこ……だ……めぇ」

アリシアは彼の腕を掴んで止めようとした。

そんなことでたくましい腕はびくともせず、やがて彼の手がアンダースカートの中で、尻肉を揶うように揉《も》み上《あ》げてくる。

「あ……ああ！」

アリシアは頬を彼の胸板にこすりつけて口を開けた。

「なんだ、もうこんなに私を欲しがって」

「ち、ちが……！」

「そう？」

こんなときの彼の瞳は冷淡だ。断罪するかのように見下ろしてくる。

尻をさすっていた彼の手が、双丘の谷へと沈んでいた。

「ふぁっあぁ！」

「じゃあ、なんで濡れているんだ？」

——わかってるくせに～！

アリシアが恨めしそうに見上げたのに、ファティスはどこ吹く風だ。

彼の両手は尻の谷間を割るように下がっていき、やがて、底までくると、臀部を掴《つか》み上《あ》げて、アリシアの全身を持ち上げる。

「きゃっ」

アリシアはとっさに彼の首をかき抱いた。

すると、ファティスが後傾してアリシアを、彼女の顔が自身の頭より上になるくらい掲げ上げる。

いつも彼を見上げていたので新鮮だ。

そのとき、アリシアは胸もとで不穏な動きを察知する。

——しまった!

彼の口がちょうど彼女の胸の位置にあったのだ。

アリシアがうつむいてのぞき込むと、ファティスが彼女の胸を覆う布を、下着からコルセットまで全てまとめて噛んだ。

アリシアは慌てて、彼の額を突っぱねる。

「やめるんだ……」

地獄の底からみたいな不機嫌な声が聞こえてくるが、アリシアはやめなかった。

すると彼は片方の手をスカートから出して、アリシアの手首をまとめて掴み、彼女の頭上に留め置くと同時に、噛んだ衣をがっとずり下げた。

「や、やぁ、見ないでぇ」

こんな明るいところで露わにするなんて、ファティスはひどい。

「こんなに白くて、こんなにピンクで、いつもより張り出しているよ?」

アリシアが両手を掲げ上げていることで、乳房がぴんと前を向いていた。

「やだ、見られたら……」

「そうだ、見ていいのは私だけだ」

ファティスは桃色に艶《つや》めく乳暈にぱくついた。

「ふ……ぁぁ」

とたんに、アリシアから抵抗する力が抜けていく。

彼が愛撫しているのは乳房だけではないのだ。

スカートの下では、指先が蜜の入り口近くをかき回すようにいじっている。

アリシアは腰をがくがくと痙攣させた。

それを認めると、ファティスは彼女の手を解放し、広がるスカートの下にある自身のトラウザーズをゆるめる。

「あ、あぁん……」

すると、開放された昂《たかぶ》りが反りあがり、アリシアの臀部に当たった。

「いいよ、あげるから、いい子にしていて」

「や、そんな……こと……」

——全然頼んでない。

と、頭の片隅で思うものの、アリシアは彼に与えられる快楽に身をゆだねることしかできない。

視線を下げると、乳暈に吸いつき、乳房に顔を埋《うず》めるファティスの高い鼻が見える。

ファティスがアリシアにしがみついているようにも見えて、なぜかきゅんとした。

——かわいい、子どもみたい……。

アリシアは彼の黄金に輝く頭を撫でるように抱き寄せる。

「アリシア……」

彼の声が甘く変化した。

抱き合っていると、こういう心が通じ合うような瞬間が訪れる。そうなると、アリシアは彼がくれるものなら、なんでも欲しくなってしまうのだ。

ファティスは、彼女の尻の谷間で竿《さお》をぬるぬると前後させていたが、彼女の尻と腰を掴んで持ち上げ、尖頭を浅く挿入する。

「ふわ……あ、あぁ……」

アリシアは首を伸ばして揺らす。栗色の髪の毛がふわりと広がった。

「アリシア……きれいだ……樹木みたい……」

樹木は褒め言葉といえるのか。だが、彼が何か尊いものを見るように顔を上げたので、アリシアはますます胸を高鳴らせる。

自分でもわかっていた。早く彼の全てが欲しくて、蜜口をひくつかせている。

でも、ファティスはそれ以上深く挿れようとはしない。

じんわりと汗をかいてきて、胸に押しつけられた彼の頬や、尻を掴む彼の手が吸いついてくるようだ。

「や、も……ちょうだい……ぜんぶ……」

ファティスが、じっと彼女を見上げている。

「その言葉、待ってた……」

ずんっと大腿の上に落とされた。一気に根もとまで取り込んで、彼女の蜜壁は悦びに震える。

「あっあっ……ファティス……！　あっ！」

アリシアはいつしか金髪をくしゃくしゃとしながら、彼の腰を太ももでぎゅっと挟み、自《おの》ずと腰を小さく揺らしていた。

汗のせいだろうか、着衣だというのに、ものすごい密着感に魂が抜けていきそうだ。

「アリシア……そんなに……きつっ……」

「や、も……だめぇ」

小さく叫ぶアリシアの口を、ファティスは唇で塞ぎ、がっがっと、一定のリズムで腰を突き上げてきた。

アリシアは圧倒的な愉悦の奔流によって高みへと押し上げられる。

「アリシア……、待って、今すぐ……」

ファティスが情熱の飛沫《しぶき》を放ったとき、アリシアの全身から力が抜けていった。恍惚の境地に達したのだ。

「アリシア……」

遠くでファティスが呼ぶ声がする。ぎゅっと抱きすくめられて、アリシアは夢心地で目を閉じた。

しばらく陶然としていたが、気づくと後ろから抱きしめられて座っていた。視線を落とすと、胸もとがちゃんときれいに直されている。

「ファティス……」

アリシアが彼に顔を向けると、瞳が優しげに細まった。

「ちょっと一周するか」

ファティスがオールを手にして背後に視線を向ける。

——照れてる?

アリシアは一瞬そう思った。が、ファティスがぐんぐん漕《こ》ぎ始めたので、進行方向を見ただけだと思い直す。


王太子夫妻の仲睦まじい様子は、王宮でも社交界でも驚きを持って迎えられていた。

あの冷淡で愛想のない王太子が笑顔を浮かべて、妻に寄り添っているのだ。

アリシアは初めこそ、舞踏会や接見などの行事のたびに異様に緊張していたが、三カ月もすると慣れ始める。なんといっても、どんなときもファティスが横にいて力を貸してくれるのだ。

何もかもがうまくいっていた。

それで有頂天になれる人間は幸せだ。アリシアは違った。不安感にさいなまれ始めていた。

平民が王太子と結婚して三カ月。なんの困ったこともなく、楽しく過ごしている。

――そんなこと、ありえる？

ある夕、舞踏会のドレスを侍女たちに着つけてもらっているとき、アリシアはこうこぼした。

「ミレーヌ、私、最近、なんだか怖いの」

「え？　王太子様と何かおありになったんですの？」

ローズと一緒にコルセットの紐を引っ張りながら、ミレーヌが鏡の中に顔を出した。

「ううん。ファティスは優しいわ」

「では、何が、です?」

「うまくいきすぎている……というか、みんな優しすぎて、なんだか怖いの」

ミレーヌがうんざりしたように双眸を細める。

「もうう! それは幸せすぎるからですよっ!」

背後からドレスをかぶせたローズも顔を乗り出してきた。

「私も言ってみたいですぅ。幸せすぎて怖いって……」

「そ、そうよね……そのうち幸せに慣れるわよね?」

「羨ましすぎです〜!」

ミレーヌとローズが同時にそう言って嘆息した。

髪の毛のセットがもうすぐ終わるというころに、隣室から侍女の声が聞こえてくる。

「王太子様がお見えになりました」

ミレーヌが応じる。

「申し訳ありません。もうすぐ終わります」

アリシアはそわそわしながら、髪結い担当の侍女が、盛られた髪に花型のアクセサリーを挿す様子を見守っていた。

「お待たせしました」と、ミレーヌが話し終えるか終えないかというときに、アリシアはもう立ち上がっていた。早く夫の顔が見たいのだ。

侍女が開けた扉の向こうには、青い肩帯を斜め掛けにし、春らしいモスグリーンの上衣とヴェストを着こなした美丈夫が手を差し出して待っていた。

「じゃあ行こうか」

「はい」

ファティスの指に指をからめ、微笑み合う。

きりっとした眉の下に輝くエメラルドグリーンは慈愛に満ちていた。

――大丈夫、慣れる、そのうち慣れるわ、身に余るこの幸せに。

王太子夫妻のファーストダンスが終わると、デュカキス伯爵令嬢のシンシアがファティスに近づいてきた。年の頃はアリシアと同じくらいの金髪碧眼《へきがん》の美女だ。

「王太子殿下、踊ってくださりませんこと?」

「王太子妃の許可がもらえたらね」

ファティスが顔だけアリシアのほうに向けた。

「もちろんですわ。ごゆっくり」

アリシアは広げた扇子の端で口もとだけ隠して目を細める。こんな所作も、いつの間に身に着けた。

アリシアがほかの男と踊るのをファティスはよしとしない。ファティスはその点で負い目があり、女性にダンスをねだられたとき、アリシアに許可を求めるのだ。

だが、淑女に恥をかかせるわけにもいかないし、アリシアが首を横に振ることなど、できるはずがない。

アリシアは中央壁際にある王太子夫妻の黄金の椅子に戻って、舞踏広間全体を見渡す。

夜なのに昼間のように明るい広間。天井には月桂樹とその精霊が描かれ、壁には黄金の月桂葉が這う。

平民のアリシアがここにいられるのは一重に『月桂樹の乙女』だからだ。

この国で最も大きい舞踏広間で、今、何百人もの貴族が舞っている。

だが、すぐにファティスを見つけ出せた。背が高いのもあるが、誰よりも美しく優雅にシンシアをリードし、皆の視線を一身に集めている。

いつか、こんな場面を想像したことがある。

——そう、あれは部屋にこもって、ファティスとダンスの練習をしていたときのことだわ。

あのときの想像通りだ。こんな様子を一目でも垣間見ることができたら、と思ったものだ。

その願いは叶《かな》いすぎるほどに叶った。

今、アリシアは王太子妃の椅子に座って堂々と見ることができる。さらには彼とファーストダンスを踊ったのはアリシア自身だ。

だが、どうしようもない不安につきまとわれる。

――子どもができたら変わるのかな。

ここ三カ月、毎日のように子種を注がれているというのに、アリシアには一向に妊娠の気配がなかった。

アリシアしか子が産めないということで、今、この席に座れているというのに、だ。

――わかってる。

アリシアが幸せを口にしながらも、最も恐れているのは、これだ。

恐ろしくて口に出せないほどに――。

ダンスが終わり、ファティスとシンシアが何かしゃべりながら、こちらに向かってきた。

――お似合いよね。

アリシアが冷めた目を向けたというのに、ファティスは爽やかな笑顔を浮かべて、手を差し出す。

「今度はアリシア、踊ってよ」

アリシアは扇子を広げて顔半分を隠した。拒絶を意味する。

「ごめんなさい、体調が優れないので先に失礼させていただきます」

ファティスは心配した様子で「なら、私も帰るよ」と言い出す。

「王宮舞踏会で王太子様不在というわけにはいきませんでしょう?」

アリシアは立ち上がる。

「すぐそこでローズが待ってくれていますから、ご心配なさらないで」

「ああ、またあとで」

アリシアは微笑んでうなずいた。

自分でも自分が取っている行動がよくわからない。まだ新婚三カ月だというのに、何を焦っているのだろう。

談話室の前を通りかかったときに気になる言葉が耳に飛び込んできた。

「本当は子を産むだけだったはずなのに」

心臓が凍りそうになって、アリシアは足を止める。

声の主は壁際の長椅子に腰かけているようで見えないが、入り口のすぐそばなのだろう、女性何人かでしゃべっているのが丸聞こえだ。

「妊娠の兆候もないのによくも王太子妃面《づら》できるものよね?」

「国王様が結婚式にすらお顔を出されなかったというのにね？」

「本当に同情しちゃう！　養女にしてほしいと王太子様自ら出向いて貧乏伯爵に頭を下げ、借金全てを肩代わりしたそうよ」

心臓が止まるかと思った。アリシアはすがるように壁に手を置く。

「実は最初、うちに頼みにいらしたのよ」

「ええ⁉　よりによって由緒あるランブリノ公爵家に？」

「驚いたわ。平民を養女にだなんて。もちろん、お父様はお断りになったわ」

「あやうく平民と姉妹になるところだったわね。きっと他家にも断られたのよ。相当追い詰められないと、変わり者のサマラス伯爵に頼んだりしないわ。伯爵家を訪れたのは結婚式の三日前だったというじゃないの」

「まあ！　それで頭まで下げて……！」

話の内容と声から、誰が誰なのか、アリシアにもわかってきた。いつもにこやかな笑顔をアリシアに向け、優しく話しかけてくれた令嬢たちだ。

「でも変だと思わない？　結婚をそんなに急ぐ必要、ある？」

「肌を重ねて情が湧いたのよ」

うふふと上品な含み笑いが漏れ聞こえる。

「まさか結婚前にそんなことを?」

「育ちが悪いから貞操観念も怪しいところじゃない?　枕もとでおねだりしたのよ」

――育ちが悪い……。

だが、婚前交渉をしたのは事実だ。

「いやだわ。でも、ありえるわね」

「結婚してくれないと産みません、とか?」

「それなら、早く産んでいただきたいものですわね」

ホホホという笑い声が響く。

上品に笑う高貴な淑女たち――。

その会話の内容はあまりにも下品だった。

――でも一番下品なのは、私。

付け焼刃のマナーで粗野な所作をさらしている。

「王太子様も最初は、平民との結婚に難色を示されていたわよね?」

「『月桂樹の乙女』が平民だとわかったあと、貴族の中にもいるはずだと主張して、半年間猶予をもらったとか」

アリシアはショックのあまり扇子を落としてしまう。

——それで迎えにくるまで半年かかったのね……。

「結局見つけられなくて、今こうなっちゃっているわけね」

「でも『月桂樹の乙女』を探すとおっしゃっていたわりに、金髪碧眼にこだわっていらしたそうよ」

アリシアは栗色の髪に、はしばみ色の瞳だ。

「王太子妃殿下、扇子を落とされてらっしゃいますわよ」

そう声を掛けられてびくっと怯《おび》えて振り向くと、そこにはシンシアがいた。

彼女は美しい金髪を色とりどりのアクセサリーでまとめあげ、青い青い瞳をきらきらとさせている。

——金髪碧眼にこだわって……。

「皆さま、王太子妃殿下がおいでよ」

シンシアの声に、三人の淑女がアリシアの視界に現れた。

「王太子妃殿下！」

三人横並びで、取り繕うような笑みを浮かべている。

——気持ち悪い。

アリシアは一刻も早く、この場を立ち去りたかった。

「あ、あの……私、体調が悪くて、先に失礼させていただきます」

なんとか声を絞り出すことができた。

「まあ、さようでしたか。ご自愛くださいませ」

「あら、もしかしてご懐妊なのではありませんか」

「ごゆっくりお休みになりますよう」

三人そろって丁寧にお辞儀をする。

――優雅だわ。

アリシアは逃げるようにその場を立ち去った。

第六章　居場所を探して

王妃の居室で、侍女三人がかりでドレスを脱がしてもらっているときに、アリシアはミレーヌに尋ねた。

「亡き王妃様がファティスのお姉様をご出産なさったのは結婚してどのくらい経ったときなの？」

ミレーヌは困惑しながら「ご結婚一年目にはお生まれになっていたかと……」と答えた。

「そう……」

ということは、今頃にはとっくに懐妊していたということだ――。

「今日は疲れたので、私の寝室で寝ます」

「はい。では、そのように王太子様にお伝えしますね」

「ありがとう」

アリシアはもぞもぞと王太子妃のベッドに入った。

——冷たい。

春とはいえ夜は冷える。彼の体温のないベッドのなんと寒々しいことか。

いろんなことが腑《ふ》に落ちた。

なぜ、半年間、『月桂樹の乙女』を迎えに来なかったのか。

そして、最初、彼が高圧的な態度で子作りに入ったのか。

なぜ、彼の足が遠のいたのは、アリシアが月のものになったからでも結婚の準備のためでもない。アリシアを養女にしてくれる貴族を探し回っていた——。

一体、どれだけお金がかかったのか。

——私、ファティスに迷惑しかかけてない……。

そう思うと、涙があふれてくる。

結婚式の夜、ファティスはこう言った。

『愛してしまったんだ』

そう、『しまった』のだ。これは誤算だったに違いない。

貴族の娘たちが言った通り、肌を重ねているうちに情が湧いたのだろう。

——優しい人。

でもそれはときに残酷だ。

愛なんて最初からもらわなければ、こんなに苦しむこともなかっただろう。
——いっそ消えてしまいたい！
そのとき、ぎぃっと遠慮がちな音を立てて寝室の扉がゆっくりと開いた。
ファティスが小声で語りかけてくる。
「アリシア、もう寝たの？」
その掠れた声だけで、アリシアは恍惚としてしまう。
「疲れているんだな」
ファティスが上掛けの中に入り込み、アリシアを背後から抱き寄せた。
——温かい。
彼がうなじを撫でるように、高い鼻をこすりつけてくる。
——ファティス、私、あなたを愛してる。
だから、ここを去る。
そのとき、アリシアは決心した。
やがて寝息が聞こえてくる。
アリシアは上体を起こして見下ろした。
ファティスは気持ちよさそうに眠っている。

触りたくて、頬の近くまで手を伸ばし、引っ込めた。

――ファティスは触ると起きちゃうから。

ファティスは十八代目の王太子だ。こんなに長く続いた王朝なのに、平民の『月桂樹の乙女』は初めてだという。

――私、きっと偽者なんだわ。

そう思うと、急に全て納得がいく。

『月桂樹の乙女』は、代々、婚姻後すぐに王家に子をもたらしてきた。

月桂樹はそういう女性を選んでいるのだろう。

――私がいなくなれば、きっとまた貴族の中から本物の運命の乙女を探し出せるわ。

アリシアは忍び足で扉に向かう。幸い、少し開いたままだった。ファティスは完全に閉めたら音がすると思ったのだろう。

その隙間からこっそりと隣室へ出ることができた。着替え用の部屋だ。

アリシアはそうっと引き出しを開ける。

――連れてこられたときの服、取っておいてよかった。

ちょうど薬草をすりつぶしているときに、侍従長がやって来たのだ。あのエプロンはどこかに行ってしまったが、代わりに侍女用のエプロンをもらったので好都合だ。

この地味なオレンジ色の麻のドレスにエプロンを着用していれば、侍女だと思われることだろう。髪の毛を頭上でまとめあげ、お金の入った巾着をポケットに突っ込んだ。

――伯爵に払ったお金は無理でも、このお金だけでも、あとで、どうにかして返そう。

念のため、陶器製の洗面器を手に持つ。

案の定、前室で「こんな夜中に何用だ」と、近衛兵に声を掛けられる。幸いなことに、その兵は新顔だった。

「王太子妃殿下がお湯をご所望でして」

王太子妃付きの侍女は総勢三十名。しかも暗いから顔がよく見えないはずだ。

「そうか。こんな時間に大変だな」

「いえいえ、仕事ですから」

親切にも近衛兵が扉を開けてくれた。

アリシアは陶器を持ったまま厩舎《きゅうしゃ》へと急ぐ。夜の帳《とばり》が下りた今、さすがに馬丁はいまい。

だが、衛兵がいた。

「夜中にお湯か？　大変だな」

お湯を沸かす施設は馬場の隣にあるのだ。

「はい。夜は冷えますからね」

アリシアはそう言いながら、高揚している自分に気づいた。

この三カ月、すべて侍女がやってくれて、自分の足で何かをするということがなかった。

そういえば、ここに来るまでは、薬草を摘んだり、煎じたり、往診のおともをしたり、ずっと働いてきたのだった。

――だから、ファティスが来ないときにあんなに落ち込んだんだわ！

アリシアはすんなりと厩舎に入ることができた。手前の桶《おけ》にある干し草を手に取ってポケットに突っ込む。

「フローラ、夜中にごめんね」

アリシアが馬の名を呼び、首を撫でると、フローラが鼻先を彼女の頬に付けてくる。アリシアは首を抱きしめて、フローラに頬ずりをした。

――この馬もいずれ返さないと。

アリシアは行く当てもないのに、解放感で自然と微笑みを浮かべていた。

聞きなれた声が耳に入るまでは――。

「王太子妃殿下、こんな夜中にどちらにおでかけで？」

アリシアが真っ青になって振り向くと、馬場の入り口に軽く背をもたれて、腕を組むファティスがいた。いつの間に着替えたのか、さっきはガウン一枚だったのに、今は、ヴェストや上衣こそないものの、シャツとトラウザーズを着用している。

彼の眉間のしわは深く、そのせいで双眸が細まっていた。

——なんでこんなに怒ってるの……？

「き、気分転換に風に当たろうと思いまして……そう、気分が悪いときは、それがいいわ」

ファティスの片眉がぴくりと上がった。気にくわないときにすることのある表情だ。

「へえ、わざわざ、侍女のような格好をして？」

「侍女ではありません。これは私がここに連れてこられたときに来ていた服です」

「夜中の乗馬は禁止する」

アリシアは手首を掴まれ、強引に引っ張られる。

「い、痛いです」

アリシアがそう訴えたのに、ファティスは横目でじろりと見下ろすだけだ。アリシアは黙り込む。

——すごく、いやな予感がするわ。

連れて行かれた先は、あの最初に閉じ込められた部屋だった。

「ど、どうして……ここ？」

彼はつかつかと隣の部屋へと進んでいく。

ベッドのある部屋だ。

「妃に逃げられたらかなわないからな」

——また閉じ込める気ね……。

「……だんまりか」

「だって、怒ってますよね？」

アリシアが上目遣いで見ると、ファティスにぐいっと手首を引っ張られ、ベッドに横向けに倒された。

——なんでこんなに乱暴なの？

彼がベッドの縁に座った。アリシアに背を向けたまましゃべる。

「——どこに逃げる気だったんだ？」

「べ、別に、逃げるわけでは……」

「うそばかりつくな！」

ファティスが声を荒げて、ダンッとベッドの柱に拳をぶつけた。上半身をアリシアのほうに向け、そのまま乗り上げてくる。

——最初のときみたい……。

ファティスはアリシアに馬乗りになって、エプロンを剥《は》ごうと、紐を引きちぎった。

「……女が夜中にこっそり出かけるなんて、逢引《あいびき》と相場が決まっているだろう！」

意外な理由に、アリシアは目を見開く。

──それで、こんなに怒ってるのね！

「い、一体誰と逢《あ》うっていうんです⁉」

「知るか！　大方、初恋の貴族とでも、舞踏会で再会したんだろうよ！　ニヤニヤしやがって！」

「べ、別に初恋じゃないし、顔も覚えてないのに……！」

「何が、体調が悪い、だ」

ファティスがアリシアのオレンジ色の前身ごろとその下の白いブラウスを同時に左右に引っ張る。ボタンが飛んで、下着がのぞいた。

「あ、私の服……」

──ママの手作りなのに！

「もっといいドレスを作らせてやる」

「これよりいい服なんかありません！」

──この人、何も変わってない！

ファティスは優しくなったと思っていたが、一皮むけば、もとの傲慢な王太子の顔がのぞく。

「男との思い出の服か？」

アリシアは唖然《あぜん》とした。

「いやらしい！」

「ああ、そうさ。いつも君に欲情している」

ファティスが左右に開いた服からのぞくコルセットと下着をずらして乳房を引き出した。

「いやっ」

アリシアは手のひらでファティスの顔を突っぱねるが、すぐに手首を掴まれ、邪魔だと言わんばかりにまとめあげられた。

「私は絶対に君を離さない」

彼に強く乳頭を吸われる。

「あ……はぁ！」

アリシアはつい、背をびくんと反らせてしまう。

「君も私を好きだ、私から離れられない。なぜそれがわからない!?」

ファティスがスカートをまくり上げた。ドロワーズというには優雅さのない、農民のズボンのような下穿きを、一気に下ろして外される。

「やっ」

アリシアは彼に背を向けて、匍匐《ほふく》前進した。

「誘ってるつもりか？」

「えっ？」

「なかなか煽情的《せんじょう》だよ」

尻を下から掬《すく》うように撫《な》であげられた。

——ぞくぞくする。

彼に腹が立っているのに、悦楽に震える。

——口惜しい！

アリシアは四《よ》つん這《ば》いをやめて、体をシーツにべったりと着けた。

「それで抵抗してるつもり？」

ファティスは彼女の体を持ち上げることなく、両脚を掴んで開かせた。

「ん……」

彼に教え込まれた官能の予感に声を漏らしそうになり、アリシアは下唇を噛んだ。

「アリシア、これじゃあ、もう陥落したのも同然だよ？」

ファティスが股ぐらに蓋をするように四指を置き、前後に揺する。ぐちゅぐちゅと淫猥な音を立て、したたる蜜で滑るように動く。

――う、うぅ……あぁ。

喘ぐなら、心の中でだけ。アリシアはそう決めた。

花弁を撫でる手はそのままに、ファティスは体の位置を上げて、背後から彼女にのしかかる。顔を傾け、彼女の耳穴に舌をぬるりと押し込んだ。

――ふ、ふぁ。

「耳が弱いはずなのに、今日は啼いてくれないんだな?」

つまらなさそうな声がする。

――思い通りになると思ったら、大間違いなんだから!

「でもね、〝奥様〟、残念ながら逆効果だ。抵抗されたら余計に感じさせたくなるのが男心というものだよ?」

彼はうなじに口づけると、股ぐらの手を膝裏のほうにずらしていきながら片脚を外側に広げていく。

彼はいつの間にかトラウザーズをゆるめていて、切っ先を浅く挿入された。

アリシアは、びくっと自身の腰が動いたような気がするが、声はなんとか耐えられた。

「たくさん注いであげる」

てっきり奥まで挿入されるのかと思っていたが、ファティスは意外にもアリシアの両脚を彼の大腿で挟んで閉じた。

「えっ？」

ただ、尖端だけは、彼女の蜜源に蓋をするようにあてがわれている。

後ろから羽交い絞めにするかのように腕をからめて固定されたかと思うと、体の中心を勢いよく貫かれる。体全体が彼に固定されている中、がっがっと何度も子宮口を押し上げられた。

「あっあぁ……あぁ」

うっかり声を漏らしてしまう。体は正直だ。

アリシアは改めて唇をぎゅっと閉めて耐える。

――まずい……気持ちよすぎる。

「もう自分を解放してしまいなさい」

後ろからされたことは何度もあるが、拒否しようとして体を浮かせなかったことで、却《かえ》ってものすごい密着感が生まれ、快感が高まる始末だ。

――ふぅ、はぁ、ふぅ、ふぅ。

アリシアは必死で、心の中で呼吸を整える。

彼が抉るように穿ち、そのまま止まった。

「自分でもわかるだろう？　こんなにうねって私の精を欲しがって……搾り取る気か？」

無駄な抵抗はやめろということか。

彼が再び抽挿を繰り返す。

「…………んん」

――あ、しまった、喉奥から声が……！

「さあ、全部、呑みほしなさい」

どくどくと注がれる彼の子種。この三カ月、数えきれないほどに何度も受け取った。

――なのに、芽吹かない！

「……無駄です」

「何が？」

彼は精をこぼしたくないのか、中に挿れたままだ。

「……私、きっと月桂葉の偽者なんです。だって妊娠しないもの」

「ばかな……！　そんなことを気にしていたのか」

ファティスが上体を起こして、性を外す。

「結婚したから、子作りなんて口実はもういらないって言ったろう？　アリシアといられれば、別に世継ぎなんていら……」

「だめです」

カヴァティス王家は十七代も続いてきた由緒ある王統だ。

アリシアは彼の言葉をさえぎった。

上体を起こして、彼に寄りかかる。

「きっと本物の、貴族の『月桂樹の乙女』がいます。ゆっくり探してみてください。もしかしたらものすごく年下なのかもしれませんよ？」

自分で言っておいて、心がずきんと痛んだ。

すると、ファティスに両腕を掴まれ、体を揺すぶられる。

「やっぱり、ほかの男がよくなったんだろう⁉」

――いっそ、そういうことにしたほうがいい。

嫌われて、王太子の意志で離縁されたほうが手っ取り早いというものだ。

「そ、そうよ。うん、そうなの。だから、こんな浮気女のことは捨て置いてくださいな」

そのとき、ファティスが片眉を上げた。だが、いつものように気にくわないという表情には見えなかった。困惑するような、怪訝《けげん》そうな顔だった。

――激高するかと思ったら……。

アリシアは肩透かしを食らって戸惑い、とりあえず彼に背を向けて横になった。スカートを下げてコルセットを上げる。

「おやすみなさい」

「……おやすみ」

また襲われるのではないかとアリシアはしばらく緊張していたが、背後で横になっているファティスから寝息が聞こえてきた。

それで安堵して、アリシアも眠たくなってくるが、耐えた。さっき、庭で感じた解放感を忘れられない。

――今なら、この居室、鍵が掛かってないわ。

いつもは従者が外側から施錠していたので、またとないチャンスだ。

アリシアは待った。夫の眠りが深くなるのを。

空が白み始めたので、これ以上待つのは危険と、アリシアはそっとベッドから下りる。

――この服では出かけられないわ。

ボタンが飛んで、下着が見えている。

それで、ファティスは油断しているのかもしれない。

寝室の扉は幸い、開けっ放しだ。

アリシアは、ちらっとファティスの顔を見る。

――もしかして、もう見ることがない？

そう思うと急に、胸が張り裂けそうになる。

——彼がいない世界で生きていけるの？

いや、生きていかないといけない。これ以上迷惑をかけられない。最後に口づけのひとつでも落としたかったが、ファティスを起こすのがオチだ。

滑らかな金髪、金糸のような睫毛、きりっとした眉毛、高い鼻、きゅっと結ばれた薄い唇。

——もう、見るのやめなきゃ。泣いちゃうわ！

アリシアは今度こそ起こすまいと、そうっとそうっと薄氷を踏むように歩いた。

使用人のための小部屋に入り、かたっぱしからチェストを開けていく。

——あったわ！

侍女用のドレスがあった。急いでそれに着替えて、扉を開ける。

——さようなら、初めて愛した人！

これは夢だったのだ。どうりで幸せすぎると思った。

これからは、もとの世界で現実を生きるのだ。


ぎぎっと重い扉が閉まる音が、かすかだがベッドのファティスのところまで聞こえてくる。

――一度ならず二度までも。

アリシアはそこまでして自分と別れたいのだろうか。

ファティスはベッドの上で忌々しげに起き上がり、片膝に前腕をかける。

――私は、無理だ。

アリシアと離れて生きていくことなど、到底できそうにない。

再び扉が開く音がしたので、ファティスはベッドから下りた。

「ファティス様」

王太子を名前で呼ぶ使用人は限られている。そのうちのひとり、ニコラスはファティスが子どものころからの従者で、七歳年上。極々私的な頼みごとができる間柄だ。

「王太子妃様をお逃しになってよろしいんですか？」

「いいわけない」

ファティスは歩き始めた。と、そのとき、ボタンを踏んづける。

「ニコラス、使用人に、この部屋のボタンを拾うように伝えてくれ」

「はっ」

床に散らばるボタンを確認するニコラスを一瞥して、ファティスはドアに向かう。

「出かける」

「ええ!?　追う気でいらっしゃいますか?」

大股で歩くファティスの後ろにニコラスが続く。

「こんな夜中にあんな美人、放っておけないだろう?」

「それなら、私どもがこっそり護衛いたしますから!」

ニコラスが横に来てファティスに訴えかけてくる。

「いいや、自分の目で確かめたいんだ。アリシアが一体何を考え、どんな人間なのか……」

——アリシアは率直な娘だ。

だから、うそをつくのが笑っちゃうぐらい下手。自分で言っておいて、確認するかのように同じ言葉を繰り返す。

『そ、そうよ。うん、そうなの』

つまり、ほかに好きな男がいるわけではない。

——では、なぜ?

ファティスはアリシアが全く理解できなくなっていた。

つい何時間か前は、自分の腕の中で蕩けるような笑みを浮かべて踊っていたというのに——。

——懐妊しないことについて誰かに何か言われた?

だからといって、逃亡することはあるまい。

ベッドの上でスカートをまくったとき、かすかにチャリンという硬貨と硬貨の接触音がした。

驚くべきことに、アリシアは本気でここを出る気だったのだ——。

「ですが明日の接見や閣議はどうされるんですか？」

ニコラスの困惑したような声で、ファティスは現実に引き戻された。

「閣議だけは出る。これから数日、王太子は忙しくて最小限の公務しかこなさない、いいな？」

ファティスが庭に下り立つと、アリシアが厩舎から馬とともに出てきたところだった。

暗がりの中で、侍女が王族の馬を連れ出したので、不審に感じた衛兵たちが厩舎に向かう。

それを、ファティスが制止した。

驚いたのは衛兵たちだ。

「王太子殿下！」

「しっ」

ファティスは自身の口に人差し指を当てて見せることで、衛兵たちに黙るよう命じた。

——アリシア、君が思うほど王宮の警備は無能じゃないよ？

アリシアが馬に乗って裏門から駆けていくのを見守ってから、ファティスとニコラス、そして伝令用の従者は、厩舎にある馬丁のマントを羽織り、馬に跨った。

アリシアは馬を駆る。

黄金の馬車に乗って王宮に連れられてくるとき、故郷から王宮まで二時間半かかった。

同じ道を逆方向に進む。

早朝で人がおらず、全速力で走ることができたこともあり、おそらくまだ一時間ぐらいしか経っていないのに見慣れた風景が目に入る。

――もうすぐディミトー村だわ！

三カ月も故郷の村を離れたのは初めてだ。

アリシアは懐かしさに胸を弾ませる。

家の前に着いたときには、空は明るくなり始めていた。

――全然変わらない！

白い石造りの家は要所要所が木製で、一部ツタが張っている。

アリシアは、コンコンコンと控えめに扉をノックした。

無駄に大きくない、人が通るのにちょうどいい扉だ。

――人間の二倍も三倍もある高さの扉なんて、全く無駄よね。

王宮とは違って、キイッと軽快な音をさせて戸が開く。

「アリシア！　まあ、きれいになって！」

王宮で何度も何度も思い出した、母親の笑顔がそこにあった。

「ママ！」

アリシアは涙ぐんで母親に抱き着く。

「ちょうどさっき、あなたにお客様が……」

「お客？」

自分が家を出たことを知らない友人でも訪ねてきたのだろうか。

——でも、こんな時間に？

不思議に思い、応接室をのぞく。

「やあ、アリシア、迎えに来たよ」

古ぼけた革のソファーで、従者ふたりを両隣に侍《はべ》らせたファティスが脚を組んでふんぞり返っていた。

——偉そうにするのは王宮でだけにしといてよね！

アリシアは半眼になり、無言でくるっと回って玄関のほうに歩き出す。

ファティスがすぐに先回りして、廊下の壁に手を突く。行く手を塞がれた。

「勝手に付いてこないでください」

アリシアはじとっと湿った視線を向ける。

「君の実家を訪問して、挨拶したかったんだ」

「今更、挨拶してどうするんですか？　勝手に王宮を抜け出したんですから、もう、王太子妃失格でしょう？」

彼の眉間に深いしわが寄る。

「悪いが、離縁だけはしない」

「月桂葉が必要だから？」

ファティスがしばらく無言になった。

「……私には、アリシアが必要だからだ」

壁に突いていないほうの手のひらが彼女の下腹に置かれた。

アリシアは危うく声を上げそうになる。触れられたとたん快感が体中に伝播《でんぱ》していくようだ。

――もともと、嫌いで別れようとしてるわけじゃないから……。

母親が廊下に出てきたので、アリシアは慌ててファティスから離れた。

「アリシア、王太子様がご心配なさっていらっしゃるでしょう？　王宮に戻りなさい」

「ママまで、そんなこと！」

母親が近づいてくる。

「何が不満なの？」

「ふ、不満って……」

横に立つ、ファティスをちらっと見上げた。

いつもの無表情に戻っている。こういうときの彼は不遜な感じがするが、威厳があって王太子然としている。

――この気高く美しい男《ひと》が私のために頭を下げた……。

そもそも彼は、自分の月桂葉に恋しているだけだ。それはきっと、子どものころから刷り込まれた王族の性《さが》みたいなものだろう。

それだけではない、アリシアのせいで、ファティスは陰で貶《けな》されてもいる。

――そんなの、いや！

「……私、社交界の水が合わないんです」

それはうそではない。

笑顔の裏で人を蔑《さげす》む、あんな人たちのもとへアリシアは戻りたくなかった。

隣からファティスのこれみよがしなため息が聞こえてくる。

「アリシアはどうしたいんだ？」

「私、やっぱり村で働いているほうが性に合ってるなあって」

なぜかファティスの顔が明るくなる。

「王宮内に村を復元してやろう」

「そういう発想がもう、合わないのよ！　おままごとしたいわけじゃないの！」

いら立ちのあまり丁寧語が飛んでいった。

「ちょっと、アリシア、王太子様になんていう口の利き方を……！」

眉をひそめる母親に、アリシアは懇願の眼差しを向けた。

「ねえ、ママ、私がいなくて困ってるでしょう？　またお薬作りを手伝わせて？」

母親は憐《あわ》れむようにアリシアに語りかける。

「アリシアが王宮に連れて行かれた日に、侍従長様が筋骨隆々の従者おふたりを置いていってくださって……だから、薪《まき》はどんどん割ってくれるし、届け物や買い物も異様に早いし、薬草をつぶすのも一瞬だし……とっても助かってるんです」

母親がファティスに感謝の瞳を向けた。

「だ、そうだよ？」

ファティスが上から目線で、ニヤリと片方の口角をあげる。

あまりのことに目をまん丸とさせて固まるアリシアだった。

アリシアは結局、実家を追い出された。王宮に戻るようにと、母親に強く言われたのだ。行く当てもないので、馬に乗らずに手綱を引いてとぼとぼ歩く。

「アリシア、君の居場所は私のところにしかないんだ、帰るぞ」

ファティスが乗馬したまま、ぴったりと付いてくる。その後ろに侍従ふたりが続いていた。

アリシアはキッと鋭い視線を投げかける。

「付いてこないでよ」

そのときアリシアは気づいた。道行く人々の視線が自分たちに注がれていることに。

夜が明けて人通りが多くなっていた。

見たことのないような艶々とした青鹿毛《あおかげ》の馬に跨《またが》った高位の貴族とその従者ふたりが、こともあろうにアリシアの後ろに連なっているのだから衆目を集めて当然だ。

馬丁の茶のマントをはおって一般人のふりをしているつもりだろうが、朝陽に金髪をきらめかせ、高いところから見下ろすファティスのなんと美しいことか。

「女ひとりだと危ない」

アリシアは一瞬ぼうっとして眺めてしまったのを、頭をぶんぶんとさせて振り切る。

「今までひとりで平気だったもの」

「今までは、ね？」

「それより目立って困るから離れてよ！」

「……わかった」

ファティスが馬を反転させると、侍従ふたりも向きを変えて、一斉に去っていった。

あまりの見切りの早さに、アリシアは唖然とする。

――今度こそ本当に見捨てられたわ。

これから、アリシアはひとりで生きていかなければならない。

アリシアは半べそをかきながら、馬によじ上った。


「私が、アリシア様の身代わり⁉」

王宮の王太子妃の居室では、侍女のミレーヌが素っ頓狂な声を上げていた。

ファティスは憮然として長椅子に腰かけ、足を組んでいる。

「王太子妃がしばらく戻りそうにないから、ミレーヌがアリシアのふりをして、ベッドでふせっていてくれ。髪の色が同じだから適任だ」

　彼の前に突っ立っていたミレーヌが不思議そうにファティスの顔をのぞき込む。

「王太子殿下、私の名前を……？」

「あ？　ああ。そういえばそうだな。アリシアがよく、ミレーヌはとてもしっかりしていて仕事が速いと褒めていたから、覚えてしまった」

　ミレーヌの顔がぱあああっと明るくなる。

「やりましょう、身代わり！　この私にしか務まりません！」

　──意外と単純なところもあるって言っていたけど、こういうことか。

　アリシアが王宮に来るまで、ファティスには、侍女たちが同じ動きをする一群にしか見えていなかった。

　それは、舞踏会で踊る女たちだって同じだ。華やかなドレスをまとい、一様に扇子を口もとにかざし、もの欲しそうに上目遣いでファティスを見上げる。彼女たちのことは、アリシアが話題にすることがなかったので、いまだに誰が誰だかという感じである。

　──アリシアだけが、その中で輝いていたのに……。


　そのころ、アリシアは隣村の食堂を訪ねていた。二、三年前、父親の往診に付いていったとき、この家の娘と意気投合して以来、ずっと仲のいい友人だ。

ここも基本は白い石造りだが、食堂のある表側の壁は、窓や入り口の周りに色の違うレンガを交互に置き、おしゃれなたたずまいだ。

アリシアは裏の自宅のほうの入り口をノックする。同い年、十七歳のコリーナが出てきた。

――そういえば、コリーナは金髪だったわ。

劣等感を刺激されたところで、いきなりコリーナに両腕を掴まれる。

「アリシア！　あなた、王太子妃になったっていう噂《うわさ》よ！」

アリシアは、ぺし～んとオーバーにコリーナの肩を叩《たた》く。

「やだ～！　なわけないじゃない。侍女見習いで王宮に入ったけど、マナーとかよくわからなくて、すぐに追い出されたわ」

「やっぱ、そうよね？　おかしいと思ってたんだ！」

――そうそう、おかしい！　おかしなことだったんだわ。

急に自分がここにいるのが正しい気がしてきた。

「ねえ、もう王宮に帰れないのに、母に戻るよう言われて、泊まるところもないの。働かせてくれない？」

これは本当のことだ。

「あら、いいわよ。アリシアみたいな美人が来てくれたら、お客が増えそうだわ」

「も～、またまた！」

アハハハとふたりで笑っているうちに、アリシアは楽しくなってきた。

――王宮でいやらしいことばっかりしてたの、あれ、なんだったのかしら～？


夕闇に包まれた王宮の執務室に近衛兵が到着すると、ファティスは人払いをした。侍従のニコラスだけは残す。

近衛兵は、庶民が着るようなシャツに宮廷用の上衣をはおるという奇妙な格好をしていた。

「王太子殿下にご報告申し上げます。〝対象者〟はその後、隣村テティス村の食堂にて、給仕の仕事を始められました。大変人気のある食堂で人がごった返しており、警備はかなり困難を極めています。増員を希望いたします」

庇護《ひご》〝対象者〟は、アリシアのことだ。王太子妃は王宮にいることになっているので、こういう呼び方になっている。

執務机に着くファティスは同情で眉をひそめた。

「わかった、好きなだけ増員しろ。それにしても給仕とは……かわいそうに。追い詰めすぎたか……」

「それが対象者は、大変楽しげに客と会話し、てきぱきと料理を出したり、皿を片づけたりされていました。私が味を〝調査〟したところ、ここの鹿肉のスープは最高に美味《おい》しく……」

ファティスがしゃべるのをやめろと言わんばかりに手のひらを掲げる。

「大変楽しげに？」

眉間のしわは、同情ではなく怒気をはらむようになっていた。

「この食堂の娘と仲がよろしいようで、いっしょに歌い踊ったりもされていました」

「踊る？」

「ええ。弦楽器が弾ける客がおりまして、それに合わせてふたりで踊ってらっしゃいまして、とてもお上手でした」

——すぐに宮廷のダンスをマスターしたのはそういうことか。

それにしても、アリシアが、ファティスと離れて意気消沈しているものとばかり思っていたので、これは誤算だった。

——私など、少し離れただけでも、こんなに辛いというのに！

王太子と『月桂樹の乙女』はお互い対《つい》であり、求め合うはずなのだが、会うなり衝撃的に惹きつけられたのは、ファティスだけだったとでもいうのか。

——最初のとき処女を相手に無理をさせすぎたか……?

運命など関係のない女たちでも、侍女から貴族の女まで、秋波を送られることに慣れ切ったファティスにしたら青天のへきれきだ。

ファティスはふらりと立ち上がり、横目でニコラスを見た。

「テティス村に行くぞ」

閉店後、アリシアがコリーナに案内されたのはベッドと机があるだけの小さな部屋だったが、こざっぱりとしていた。

「おやすみ〜」と、ドアを閉めて、コリーナが去っていく。

——寝るところが華美である必要なんて全くないわ。

アリシアは、ベッドに大の字に倒れた。王宮のようにふかふかしていないが、一日中動き回ったので、疲れが癒《いや》される。

忙しく立ち働いている間は忘れていられたが、こうして目をつむると自然に思い出されるのは、ファティスの微笑みばかり。

『愛してしまったんだ、君を』

――あのときのファティスの瞳……。

蠟燭の炎を受けて緑眼が蠱惑的にきらめいていた。

――いやいや、あんな美しいものを自分が独占するなんて、ない、ない、ない！

こうやって、思い出して陶酔するぐらいがちょうどいいのだ。

でも、涙がにじみ出るのはなぜなのだろう――。

ガタガタという音が聞こえてきて、アリシアは慌てて上体を起こす。悲鳴を上げそうになった。

窓の外にファティスが立っていて、ガッと窓が全開になった。

「ちょ、ちょっと、不法侵入！」

そう言いながらも、アリシアの心には喜びが湧き上がってくる。

「残念ながら、私が〝法〟だ」

ファティスの長い脚が窓から伸びて床に着いた。天井が低いので、彼の背が余計に高く見える。どこから調達したのか、平民の地味な白シャツと茶のトラウザーズを身に着けている。

――それでも隠せない、この気品……！

「なんだ、ここ犬小屋か？」

あまりにあまりな言葉に、アリシアはいら立った。

「勝手に入っておいて、文句言わないでくれる！」

「王太子自ら護衛に来たんだから、感謝なさい」

ファティスがぽいっと無造作に布の包みを投げつけてきた。金糸で草花が刺繍された白い布だ。

「何これ」

「……直してもらった」

アリシアはなんのことかと訝《いぶか》しく思いながら、包みを開ける。

そこには昨晩、引きちぎるように脱がされたオレンジ色のワンピースと白いブラウスがあった。もとのボタンが付け直してある。

「花柄のボタン……これ、ママが作ってくれたお気に入りなの」

「そうか……どうりでかわい……似合っていた」

ぐいっと腰を抱き寄せられる。切なそうな瞳で見つめられて、アリシアは思わずぐきっと首を反らせて上向いたまま固まってしまう。

「アリシアが別れたくても、私は絶対に離さないからな」

鋭い野性の獣のような眼差しに、アリシアは刮目《かつもく》したまま、ごくりと唾を飲んだ。

——早く、ファティスの手を振りほどかなきゃ……。

だが、その深い緑眼に囚われて、できない。

唇が重なる。昨晩彼に抱かれたばかりだというのに、何年かぶりの口づけのようだ。

「……ふぁ」

彼の瞳が陶然としている。

アリシアの瞳もきっとこんなふうにうっとりとして、ファティスを見つめていることだろう。

——本当に不思議。

アリシア自身は『月桂樹の乙女』を眉唾のように感じているが、彼が近づくと、とたんに彼に全てを投げ出したくなるような気持ちになるのは、どういうことか。

だが、ベッドに押し倒されて、アリシアは我に返った。

「ちょっと、やめてよ！　もう私、あなたの妻じゃないんだから！」

「いや、君は一生、私の妻だ！」

かぶりつくように顎の下に彼の顔が沈む。

「こんなとこで、やめてってば！」

さすがに友人宅はまずい。

アリシアは、彼の頭を両手で掴んで、ぐいっと外そうとした。

ファティスが左右に手を突いて、顔を上げる。

「いつも喜んで受け容《う》れ《い》るくせに！」

アリシアはむっとした。

「そういう言い方やめてよね！　昨日の夜だって、本気でいやがったつもりよ？」

「あのときは……嫉妬していたから……悪かった」

精悍で傲慢なファティスが、しゅんとした表情になったので、アリシアは不覚にも、きゅんと、ときめいてしまう。

「まさか行く当てが実家と女友だちのところしかないなんて……！」

そう半笑いで言われて、アリシアが再びいら立ったところで、バンッと扉が開いた。

「アリシア、大丈夫？　声がし……」

コリーナが固まる。

窓は全開、ベッドの上では、仰向けのアリシアをファティスが組み敷き、アリシアの服が乱れている。

「何、美形を連れ込んでるのよ……！」

ファティスは動じずに優雅に立ち上がった。

「初めまして。私はアリシアの夫で、ファティスと申します。昨晩、夫婦ゲンカでアリシアが飛び出してしまって……今、仲直りをしようとしているところなんです」

アリシアも服装の乱れを直してファティスの横に立つ。

「ちょっと、アリシア、いつの間に美形と結婚して！」

怒るコリーナを後目に、ファティスがアリシアを見下ろし、ふふんと鼻で笑った。

「さあ、帰るよ？」

「え、ええ？」

——王宮にいるときは気づかなかったけど、かなり腹黒……！

アリシアがすがるような目でコリーナを見ると、コリーナは溜息《ためいき》をついた。

「明日、予約がたくさん入ってるから、旦那様、奥様を明日だけお借りできますか」

——さすが、長い付き合い！　目で訴えたら伝わったわ！

「ええ、いいですよ」

ファティスが肩をすくめる。

「明日の夜は自分の家に帰るのよ、アリシア」

コリーナは、ふああとあくびをして去って行った。

ドアが閉まると、アリシアは肩を怒らせた。

「ひどいっ！　ファティスのせいで友だちがいなくなっちゃうじゃないのよ！」

アリシアが怒っているというのに、ファティスは素知らぬ顔でベッドに腰を下ろし、「王宮のベッドのほうがふかふかだよ？」と、ニヤリだ。

——ほんと腹立つ！

「私、床で寝ます！」

アリシアは、ベッドの上掛けを床に下ろそうと、引っ張った。

「まさか、そんなこと、させるわけにはいかないだろう？」

ファティスがすっくと立ちあがる。

さすがに、ベッドを譲ってくれるらしい。

「いっしょに寝るよ？」

アリシアはファティスに軽々と抱き上げられ、脚をばたばたとさせる。

「こんな小さなベッドで無理！」

「私の上に乗っかったらいい」

抱き上げたまま、ファティスがベッドに後ろ向きに倒れた。

「私、疲れてるから、無理！　離してよ」

彼に覆《おお》いかぶさった状態で腰を腕で押さえつけられていて、アリシアは上半身を反らせて彼の胸を叩く。

「別に疲れるようなことするなんて言ってないけど……したい？」

ファティスに不遜な笑みを向けられた。

——こ、こいつ〜〜！

「したくないって言ってるでしょ！」

結局、背中合わせで横になる。ファティスが大きいのと、ベッドが小さいのとで、ふたり並んで仰向けになることもできない。

——こんなので眠れないわ……。

と、思うか思わないかのうちに、アリシアは眠りに落ちた。

慣れない仕事を一日中頑張ったため、疲れが溜まっていたのだ。

アリシアの寝息が聞こえてきて、ファティスは上体を起こす。熟睡しているアリシアを見下ろし、呆《あき》れ顔《がお》で溜息をついた

「……よく眠れるな」

ファティスはアリシアの頬にそっと口づけを落とす。

アリシアが目覚めると、目の前に天井が迫ってくるように思えた。

——王宮にいたせいで低く感じるようになっちゃったのね。

狭くて横向きに寝ていたはずなのに、いつの間に仰向けになったようだ。

アリシアは起き上がるが、ファティスがいない。

——いつも、すぐいなくなるんだから。

だが、これはアリシアには好都合だ。

アリシアは階上のコリーナの部屋に行き、戸をノックする。

出てきたコリーナは案の定、不愉快そうに目を細めていた。

アリシアはめげずに媚《こ》びるように手と手をすり合わせる。

「おはよう、コリーナ、ちょっと相談があって」

「はあ？　それより、どうしたのよ、美形夫は！」

「いつの間にかいなくなったわ。なので逃げるチャンスなの」

「なんで逃げる必要があるのよ。私なら追うわ。あの立ち居振る舞い、只者《ただもの》じゃない。貴族か、大金持ちか、どっちかでしょう？　王太子妃になったって噂が立ったのも納得ね。さすがに平民が王太子妃はないわ～って思ってけど、あれは王太子レベルよ」

——ないわ～、そうよね、ないわ。

「そうなのよ。夫のファティスはいい人なんだけど、やっぱり貴族社会に平民はなじまない、というか、やっていけそうにないの。だから、私、ひとりで生きていくしかないなって」

アリシアの表情が切迫していたせいか、コリーナが真面目な顔になった。

「そっか。私の好みだったから、つい嫉妬しちゃったけど、結婚って彼とだけするわけじゃないもんね」

アリシアは、コリーナの肩を掴み、「そう、そうなのよ!」と彼女を揺さぶった。

「わわわわかった。じゃ、今日、食堂で仕事しなくていいから、今、裏口から出たらいいわ」

「ありがとう!」

とはいえ、昨晩、ファティスがアリシアの部屋に来たということは、王家の手の者に監視されているはずだ。

「でも、逃げるにあたって、お願いがあるの……」


アリシアは髪の毛をぴっちり結い上げてほっかむりし、コリーナが以前切って保管していた金髪を背に垂らし、コリーナの青い服を着用して馬に乗って、あぜ道へと飛び出した。

馬の交換を申し出ると、コリーナとその一家は小躍りして喜んだ。こんな立派な馬を持っている平民はなかなかいない。

向かうは王立植物園だ。ときどきここで会う中年の研究者とはいつも植物の話で盛り上がるので、アリシアが来ると歓迎してくれる。

「またおいで。何かあったら力になるよ」と言ってくれていたのを思い出したのだ。

植物園に着くと、早速、入口脇にある白亜の事務所に入る。

「あの、アリシアと申しますが、博士はいらっしゃいますか」

職員に、そう尋ねたあと、アリシアはぎょっとした。

彼らの背後の壁に、国王夫妻と王太子夫妻の肖像画が並んで掛かっているのだ。

――よくある名前だから、王太子妃だなんて思われないよね……。

念のため、少しうつむきかげんになる。

「博士?」

「ほら、昨年から、よくここにいらっしゃるでしょう? 髭《ひげ》がぼうぼうで、背が高くて、植物にお詳しい研究者の方。その方が、また来るよう言ってくださったのです」

職員たちは目を見合わせた。

「い、いや、そんな博士はいらっしゃいません」

――ああ、名前を聞いておけばよかった。

自分はなんてだめな人間なんだろうと落ち込んで、とぼとぼと園内を歩く。自然と足が向くのは、月桂樹の一群である。

――やっぱり、元気になっているわ。

昨夏、暑さにやられたのか枯れかけていた月桂樹は、今や春を迎え、黄色い可憐《かれん》な花を付けていた。

――よかった。

アリシアはその幹に抱き着いた。こうすると、爽やかな香りに包まれて落ち着く。

「ああ、やっと来てくれた」

髭の中に顔があるような中年男性が現れた。彼の瞳はいつも深い悲しみをたたえていて、今日も憂いを秘めているが、その目を細めて微笑みかけてくれる。

「お久しぶりです。博士だと思っていたのですが、実は違ったのですね?」

「すまない。本当はここの責任者で、研究者じゃない。でも、そこらの博士に負けないくらい、ここの植物について研究しているつもりだよ。アリシアこそ、髪の色が変わったからわからなかったよ」

――まずい、髪の話は流そう!

「責任者様でいらしたのですね」

「アリシアが最近来ないから、月桂樹の元気がなくなってね」

「あ、そうなんです。私、植物のお世話が得意なんです! 厚かましいお願いですが……ここで雇っていただけませんでしょうか？」

いきなりだけど、思い切って頼んでみた。

責任者が怪訝そうな眼差しを向けてくる。

「君は王太子妃になったはずだが……どうしてここで働くのかな？」

アリシアは動揺して、両手を顔の前でぶんぶんと振る。

「え、そんな……私が王太子妃なわけないじゃないですか！　他人の空似、そう、空似ですよ！」

——しまった、ここは王立で、肖像画も掛かっているっていうのに！

「そんなわけはない。昨年の夏、ここで君が月桂樹に抱き着いているのを見て、私は王宮に通報したんだ。あのとき、どうして私が君に、王宮は建国記念日に庭園を解放するから行くようにと勧めたと思う？」

「まさか……あなたが……!?」

「建国記念日に君はまんまと現れて、枯れた月桂樹まで治して帰っていったそうじゃないか。あれで王宮の者にも証明することができたんだ」

相変わらず、彼の表情は生気がなく淡々としている。それが却って怖《おそ》ろしい。

アリシアは真っ青になって、あとずさる。

　彼が間を詰めて、アリシアの手を取った。ひんやりして痩せた手だ。

「安心してほしい。私は君の味方だ。ただ、教えてくれないか。なぜ王太子妃になったはずのアリシアが、金髪に変装して平民の服を身に着け、求職しているのか」

「こ、これは……」

「王宮が合わなかった？　それとも、王太子が？」

「い、いいえ、それより、私、本物なのでしょうか。だって、『月桂樹の乙女』はすぐに王家に子をもたらすって」

　彼は一笑に付した。

「そんなことを気にしていたのか。まだ結婚して三カ月だろう？　君はまぎれもない『月桂樹の乙女』だ」

「どうしてわかるんです？」

　彼がぎょろりと視線を向けてくる。

「……それは、私の妻が『月桂樹の乙女』だったからだ」

　アリシアは驚きのあまり声を失った。

　――この方……国王陛下!?

　王立植物園は確かに国王のもの。責任者という言葉にうそはない。

国王はハハッと乾いた笑いを浮かべる。

「国王がこんなところにいるなんて、にわかには信じられないだろう。お座りなさい」

——やっぱり、この方がファティスのお父様？

「は、はい。国王陛下」

アリシアは我に返り、脚をクロスさせて腰を落とす。

「きれいなお辞儀だ」

「ファティス様が教えてくださいました」

「そうか……ファティスが……」

国王が、近くの木製ベンチのほうに手を伸ばして誘《いざな》ったので、アリシアはベンチに腰を下ろした。

国王が横に座り、ふたり並んで月桂樹の一群と向かい合う。

「アリシア……私は一年前に妻を亡くし……」

いきなり、国王の瞳から涙がこぼれ出し、アリシアは目を疑った。

「陛下、大丈夫でございますか。無理にお話にならなくても……」

アリシアが慌てていると、国王はハンカチーフを取り出して、目頭を押さえた。

「ああ、すまない。いまだに妻のことを話すとこうなってしまうんだ」

——それで、いつも悲しげな瞳をされて……。

「心から愛していらっしゃったのですね」

「いや。愛しているなんてものではない。私の半身だった。私は半身をもぎ取られて今も苦しんでいるんだよ」

国王が両手で双眸を覆った。

「……私は弱い人間だ……」

「そんな……」

雲の上の存在だった国王に突然こんな弱い面を見せられて、アリシアは戸惑いを隠せない。

「何もやる気がしなくなって、政務も息子に任せっぱなし。王宮は妻との思い出だらけで……あまりにも辛い。それで、ずっと、ここに籠りっきりなんだ」

あまりにも意外だった。

「てっきり、陛下は私に会いたくなくて、王宮にいらっしゃらないのかと……」

「なぜ、そんなことを！」

国王は覆っていた手から顔を上げた。

「だって、私、平民でしょう？」

「アリシア……それは悪いことをした……」

アリシアは国王に両手を取られた。

「月桂樹はこの国に必要な女性を選ぶ。だから、平民であるアリシアが選ばれたことに、きっと意味があるんだ」

「意味……？」

「最近は様々な技術が発達して富裕な平民も増えた。所有している土地の上であぐらをかいていられる貴族の時代ではなくなりつつある」

「ええ⁉」

貴族が力をなくすような未来を、国王自らが話すなんて信じられない。

「それにね、君と会う前は、結婚どころか、運命の乙女と会うことすら拒否していたファティスが、君に会ったとたん、豹変したんだ」

――最初、そんなにいやがっていたのね……。

知っているとはいえ、ファティスの父親に直接そう言われると、心が痛む。

「感情表現が乏しい息子が、これまで見たことがないように高揚して、今すぐにでも結婚すると言い出した」

――三日目の朝、いなくなったとき、もしかしてここに……？

「だから私は怖くなった。ファティスも妻を亡くしたら、私のような抜け殻になってしまうのではないかと。愛が深ければ深いほど、その苦しみは増す。すると、ファティスはこう答えたんだ」

——あいつのことだから、金髪の後妻でも作る気なんじゃないかしら。

「『では、私は妻より一日だけ長く生きたいです。伴侶を失うことがそんなに辛いのなら、アリシアにそんな思いをさせたくないから』と」

——うそー!

アリシアは両手で口を押さえた。熱いものが喉もとまでせり上がってくる。

「それを聞いて、私は目からうろこが落ちたよ。自分は浅はかだった。今となっては、妻にこんな思いをさせずに済んでよかったとも思える。それですぐに結婚を許可したのだが、まさか君にふられるとは……人生はわからないな」

国王が困ったように笑った。

アリシアは嗚咽《おえつ》が始まってしまって言葉を発せない。

国王がアリシアの頭をぽんぽんとした。

「ファティスは不愛想だけれど、根は悪い子じゃない。王太子と『月桂樹の乙女』は惹かれ合うものとばかり思っていたので、予想外だったよ」

「い……ヒクッ……いい、え、いいえ。わ、私、絶対、ファティスより……ヒクッ……長生きします！」

「そうか、ファティスのもとに戻ってくれるということだな」

再び手を取り、じっと見つめられる。

「わ、私でよければ……」

――しまった。

「そうか、よかった。お義父《とう》様と呼んでくれるか」

「は……はい。……お、お義父様……！」

国王が涙ぐんで何度もうなずくので、つられてアリシアもうなずいた。

だが、内心、冷や汗をかいていた。

――今さら、どの面《つら》下げて戻れるっていうのよ～！

その頃、宮殿では閣議が開かれていた。王族はファティスひとりで、父親ほどの年齢の貴族たち六名とテーブルを囲む。

「……と、このような段階を踏んで、平民にも官吏への門戸を開いていくことに決めた。異論はないな？」

ファティスは無表情で六人の大臣を見渡す。

「国王様は、それでご納得されていらっしゃるのでしょうか」

「もちろんだ。そうでなかったとしても、今、私が全権を委任されている」

「平民なんか登用しなくても、我々貴族だけで……」

ランブリノ公爵が不満げに話し出したところで、ノック音が響いた。

従者のニコラスが小走りでファティスの横までやって来て耳打ちすると、ファティスはすっと静かに立ち上がる。

「今日は、ここまでだ。各自、資料に目を通しておくように」

公爵が目を眇《すが》めた。

ファティスはニコラスとともに急ぎ執務室に移る。

扉を開けるとすぐそこに、平民の服に宮廷の上衣をはおった近衛兵が蒼白《そうはく》した面持ちで起立していた。ファティスを認めると、ものすごい勢いで深く頭を下げる。

「王太子殿下、このたびは大変申し訳ございません！」

「対象者が食堂から消えたとは、どういうことか説明してもらおうか」

怒気を孕んだファティスの声に近衛兵が震えあがる。

「はっ！　対象者の友人、コリーナが馬で出かけたと思ったら、コリーナが食堂に現れまして

「……恐らく、対象者がコリーナのなりをして、逃走されたものかと思われます」

――逃走……。

その言葉がファティスの心を抉る。

ファティスは近くの長椅子に腰かけて、双眸を覆った。

――昨晩キスしたら、うっとりしていたくせに、あの娘は……。

「コリーナ担当が、今、対象者を追っているはずです。ただ、伝令が付いていないので、現在、連絡を絶たれた状態であります」

――私の子を宿している可能性があるだけで、命が危ないのに……。

ファティスはいやな想像が頭をよぎり、打ち消すように顔を上げた。

「……我が第二師団が小娘にまんまと騙されたということか！」

滅多に感情を出さない王太子が声を荒げたので、室内の侍従たちも震えあがる。

近衛兵は「申し訳ございません！」と声を張り上げて硬直した。

――八つ当たりだ。

そもそも、平民の小娘としてアリシアを最も見くびっていたのは、まぎれもないファティスだった。

彼は七歳のときに出会った金髪碧眼の女児こそ、真の『月桂樹の乙女』だと思い込んでいて、アリシアが見つかったのに、会いたくないと半年間も伸ばし伸ばしにした。

父親に引導を渡されたとき、ファティスが取った行動はひどいものだった。

乙女が平民なのをこれ幸いに、世継ぎを作るために孕ませるだけで、結婚しなくてもいいと陰で取り決めを交わす。王宮で贅沢な暮らしをさせてやれば、それだけで喜ぶだろうと、高をくくっていた。

だが、対面したら、アリシアは想像と全く違っていた。

ファティスが扉を開けると、アリシアはその大きな瞳をさらに大きくして小さく震えていた。

それが驚きなのか、緊張なのか、恐怖なのか、ファティスにはよくわからなかった。

だが、最も理解できないのは自分の心だ。

客観的に見ると、ただのかわいらしい娘なのだが、初恋のときのような甘い痺れに全身を包まれる。

――どういうことだ?

『月桂樹の乙女』がふたりも三人もいるなんて聞いたことがない。

七歳のときは子どもの思い込みで、むしろ、この目の前の女こそが運命の乙女だとしか思えなかった。

それなのに、この平民の女はどうだ?

王太子である彼が一目でこんなにも惹かれているというのに、驚くべきことにアリシアは人違いだから村に帰してほしいという。

──誰もが羨むこの王太子がせまっているというのに、だ！

そんな女がこの世にいるなんて信じがたく、ファティスはいら立ちながら間を詰めていく。女の往生際が悪いので、世継ぎという大義を振りかざしてベッドに乗り上げる始末だ。顔を近づけ、口づけしてやると、やっと素直になり、うっとりとした瞳を向けてきた。

だが、その表情がいけない。

ファティスはさらなる快感に襲われ、一刻も早く繋がりたい衝動に駆られる。

ここまで来たらさすがに月桂葉のことを認めるだろうと思ったが、アリシアはなお、そんな刻印はないと否定してくる。

おかげで、ファティスはドレスをはいで月桂葉を探すはめになった。

彼女の肌はきめ細かく、白く、触ると吸いつくようで、白い壁に陽光が反射した明るい室内で、乳房の先端にある蕾は薄桃色に輝いている。

やがて月桂葉は見つかった。よりによって、彼女の内ももで。

──本人が気づかなかったのも納得だ。

いやがっていたくせに、アリシアのほんのりピンク色の花弁は、朝露に濡れたようにみずみずしかった。

ぶるりと、再び体感したことのないような愉悦に襲われる。

月桂葉にキスするふりをして、内ももに口づけると、彼女は脚をがくがくとさせ、花唇から蜜を垂らす。

口ではなじったが、ファティスは決してそれをいやらしいなんて思わなかった。美しかった。そして嬉しかった。

アリシアが彼にとって運命の乙女であると同時に、彼女にとってファティスは、運命の男なのだ。彼女もまた初対面にもかかわらずファティスに惹きつけられ、快感に襲われている。

ファティスはそう確信した。

だから大胆になる。蜜源に指を差し入れ、そのやわらかさ、温かさを堪能する。

アリシアは口ではいやと言いつつも、体全体で彼を欲しがってくれた。しかも、しゃべり声よりも少し高いトーンの甘い声をとめどなく漏らす。

聖水なんて儀式めいたものなど信じていなかったが、処女のアリシアを納得させるために利用した。一旦、繋がると二度と離れられないような、ひとつの塊になったような境地に陥る。

母を亡くしたとき、父は泣きながら咆哮《ほうこう》した。

『半身を失って、どうやって生きていけばいいんだ!』と——。

その意味がやっとわかったような気がした。

──私は、どうしてあんな勘違いをして、アリシアと会うのを先送りにしたのか。

だが、いい。すぐにでも結婚し、回り道した分を取り戻すのだ。

抱いているときだけは素直になるアリシア。だから、何度抱いても飽き足りない。破瓜を迎えたばかりの乙女を相手に時を忘れて何度も何度も、ファティスは欲望をぶつけた。

いつしか、アリシアが平民であるとか、そういうことはどうでもよくなっていた。

その後もアリシアは、ファティスの様々な偏見をことごとく打ち破っていってくれた。

アリシアは金髪ではないが、そのくるくると巻いた栗色の髪は愛らしく、艶々としていて触ると気持ちがいい。

アリシアは、瞳は青くないが、青緑や茶が混ざったその瞳は、光によっては異なる色に見えて、何を考えているのかわからないような不思議な魅力を放つ。

アリシアは貴族ではないが、そこらの貴族の女子よりも、よほど呑み込みが早く、話題が豊富だ。植物の知識にいたっては、ファティスは到底かなわない。

貴族の女子が何年もかけて体得する、優雅なお辞儀もダンスもすぐに身に着けた。

ファティスが自身の愚かさに気づくのに三日もかからなかった。

だからこそ、一刻も早く結婚しないといけないと思った。彼女が貴族と対等であると示したかった。

——いや、これは建前だ。

ただ単に、アリシアを自分だけのものにしたかっただけだ。

だが、所詮、ファティスは高慢な王太子である。彼女の感情を省みずに、勝手に結婚を進めてしまう。

——断られるのが怖かったんだ。

いつだってファティスを臆病にさせるのはアリシアだけだ。

だから、陰で結婚を進めつつ、アリシアが受け入れざるをえなくなるように策を弄《ろう》した。

三日間とことん官能を教えこんだ挙句に突き放したのだ。

侍女などの報告によると、王太子が来ないことをアリシアがだんだん気にし始めているようだった。

それは作戦成功ののろしではあったが、実のところ、彼女に会えなくて最も苦しんでいたのはファティスのほうだった。

——早く、この腕の中でアリシアを啼かせたい。

そのためにも結婚を急がねばならない。

彼女の両親に根回しし、伯爵との養子縁組も決め、聖職者も月桂樹の枝をかざして説得した。

アリシアは何も知らされぬまま、内堀も外堀も埋められた状態で聖堂に連れてこられ、ファティスの手中に堕《お》ちた。

——私の勝ちだ！

だが、ファティスは忘れていた。

アリシアは馬鹿ではない。むしろ聡明《そうめい》な女だ。

ファティスのそんな高慢な考えや身勝手さを全て感じとっていた。

——逃げられて当然だ。

と、そのとき、ノック音がして、ファティスは現実に引き戻される。

「植物園から伝令が届きました」

「父から？」

今度は国王の警護を担当している第一師団の近衛兵だ。

「今朝、アリシア様が植物園にいらっしゃいました。護衛は第二師団のエミリオスのみで伝令役が不在ということで、私が代わりにご報告に参りました」

ファティスは手で口を押さえた。安堵のあまり泣きそうになるが、臣下の前だ。ぐっとこらえる。

「アリシア様は国王様とお話しになったあと、再びご出立なさったので、第一師団の護衛二名も加勢いたしました」

「それにしても、なんでまた植物園に？」

「国王様からの信書を預かっております」

近衛兵が恭しく、黄金の月桂冠が模《かたど》られた細長い書函《しょかん》を差し出した。


コリーナは食堂の厨房《ちゅうぼう》で、母親としゃべっていた。

「ファティスって名前、有名人にもいた気がするんだけど、誰だっけ？」

「この娘《こ》は何間抜けなことを言ってるんだい、王太子様に決まってるだろう？」

コリーナが目を見開いたときだった。アリシアが厨房に駆けこんだのは――。

「コリーナ、ごめ～ん、もう少し居候させて～」

コリーナが刮目して固まっている。

「何、その幽霊でも現れたような反応……？」

アリシアが怪訝そうにのぞき込むと、両腕を掴んで揺さぶられた。

「ちょっと～！　噂をすれば、まさかの王太子妃！　うそばっかついて、友だちをなんだと思ってるのよ～！」

今度、目を見開くのはアリシアのほうだ。

「なんでバレてる?」

「ファティスが王太子様の名前だって思い出したのよ」

——そういえば本名を名乗っていたわ!

「ごめん、王太子妃とか言っても冗談だと思われるかなって思って。ていうか私自身、今でも夢か何かじゃないかって思ってるし」

アリシアは片手を自身の頭上にのせ、おどけて笑った。

「そういうこと? なら仕方ないわね。でも〝王太子妃殿下〟はなんで、王太子様から逃げてるわけ?」

「やめてよ、その呼び方! 貴族に劣等感とか、実際馬鹿にされたりとか、まあ、いろいろあったのよ。……でも、よりを戻そうと思うの」

「どうやって?」

不審げな顔を向けられる。

「ここにいたら、そのうち迎えに来てくれそうじゃない?」

アリシアは厨房を見渡して、手を広げた。

「へ～、だといいわね。まあ、あなた、仕事ができるから雇ってもよくってよ、おほほ」

アリシアはぺしっとコリーナの肩を叩いた。

「貴族の真似しても似てないから～！」

——あ～、このノリ、王宮にも欲しいなあ。

王宮に戻ると決意したものの、友人との気兼ねない会話に心地よさを感じるアリシアだ。

その日、アリシアはいつファティスが現れるかとドキドキしながら給仕をしていたが、結局閉店になっても彼は現れなかった。

「ここで待ち伏せする戦法で大丈夫なの？」と、コリーナに心配される始末だ。

「んー、忙しいんじゃないかな。昨日も来たの、夜だったし」

アリシアは平静を装いながらも急に不安になっていた。もし、素直に王宮に戻ろうとしても、正門の衛兵に『王太子妃のアリシアです』と言って信じてもらえるとは思えない。

——あれ？　自分が王太子妃ってどうやったら証明できるんだっけ？

部屋に入り、きっと今晩来てくれるはず、とアリシアはベッドにうつ伏せで頬杖を突いて、窓をじいっと見つめていた。

が、結局いつの間にか寝入ってしまう。

朝、起きても誰もいない。

朝食の席には、昨日とはみちがえるような豪華な料理が並んでいる。コリーナの父母が喜色満面だ。

「王太子妃殿下、こんなものしかございませんが、よろしかったら召し上がってくださいな」

昨日までは、『アリシア』と呼び捨てにしていたコリーナの母親とは思えない言葉遣いだ。

だが、アリシア自身とてファティスと出会ったばかりのころは、同じだったように思う。おどおどして〝王太子様〟の顔色を窺っていた。

――今なら、同じ人間なのにって思える。

「王宮にお戻りになったあと、もしできたら、うちのコリーナ、行儀見習いで一年くらい入れていただくことはできませんでしょうか」

侍女として王宮に入るのは、平民にとって大変名誉なことだ。給料もいいし、お見合いでも箔《はく》が付く。

「そ、そうですわね。戻れた暁《あかつき》には、ぜひ」

――お迎えさえ来ていれば、喜んで申し出を受けられるものを～！

王太子妃の名を騙《かた》っている詐欺師にでもなった気分だ。

「王太子妃殿下が給仕なんて」と、コリーナの両親に止められる中、エプロンをかけて、表の食堂へと向かう。

――不安になる暇もないくらい、忙しく立ち働かないと。

でないと寂しくて死んでしまいそうだ。

幸い、食堂は戦場だ。

調理場に通じる窓に顔を出すと、コックが、できたばかりの羊肉の煮込みを差し出してくる。

「これ、中央三番テーブルに」

その大皿を木のトレイにのせ、アリシアは人の出入りが多い中、なるべく空いている通路を見つけてぶつからないように歩き、食堂の中央にあるテーブルまで運ぶ。

料理をテーブルに置くと、今度は空の皿の回収だ。

こんなふうに休む暇がないのは、今のアリシアにはありがたい。

結局、日が暮れても、ファティスは現れなかった。疲れた足を引きずりながら、注文を伝えようと厨房に向かっていると、エプロンの紐を引っ張られる。

「キャ」

目立たないようにするためか、黒髪のかつらをかぶったファティスが座っていた。王宮のように何百本もの蠟燭を使ったシャンデリアが吊り下がっているわけもなく、各テーブル中央に置かれた蠟燭一本の燭台《しょくだい》だけが光源なので、気づかなかった。

「アリシア、ほかの男どもに給仕して楽しそうだな」

――黒髪も野性的で素敵だわ！

「ファ……ファティス？」

アリシアは手をぎゅっと強く握られる。

「昨晩、アリシアの部屋に行ったけど、ぐーすか寝てたぞ」

──来てくれてたんだ～！

「で……伝言でも残してくれたらいいのに」

大きな手のぬくもりを感じてドキドキしながらもアリシアは声を絞り出した。

「枕に涎《よだれ》が垂れていたよ、とか？」

「も～！　意地悪なんだから！」

ハハハと、ファティスが楽しそうに笑っている。

王宮の外にいると、なぜか、ファティスとの会話もコリーナと話しているときのように気を使わないで済むから不思議だ。

「おすすめは何？」

「鹿肉のスープはいろんな種類の豆も入っていて絶品です」

「前菜やメインディッシュは？」

──ファティスはラム肉が好きだわ。

「前菜はないんです。メインは、ラム肉の煮込みとか？」

「じゃ、それも」

「はいっ。承りました」

アリシアはぴしっと背を正す。

「ほんと、真面目だよね?」

クスッと笑われた。そういえば前もこんなことがあった。

給仕はコリーナも合わせて四人いる。ファティスの料理は自分で運びたくて、厨房のほど近いところで出来上がるのを待ち伏せして、コックが窓口に出したところをすかさず掴んでトレイにのせる。

「はいっ。お待たせしました。鹿肉のスープとラム肉の煮込みとパンです」

ファティスが料理をじっと見つめた。

「ナイフ、ないんだけど?」

「はい、この大きなフォークで突き刺して、噛みちぎってください。そしてスープは、この木のスプーンで……」

「このスプーン、大きいな。ひしゃくみたいだ」

ファティスがスプーンで掬って口にした。

アリシアは息を呑んで見つめてしまう。

「うん、美味しい。少しずつではなく、たくさん口にいれるのもいいものだ」

「ラム肉は、かぶりつくと、きっと王宮とは違う美味しさがあると思いますよ」

ファティスがじっと見つめてくる。

「宮殿と立場が逆だな」

「えっ？」

「ここでは私が教えてもらうほうだ」

アリシアは嬉しくなって自分でも満面の笑みを浮かべているのがわかった。

「では、私、仕事がありますので、失礼いたします」

踵を返して気づいた、何十人もごった返した食堂で、アリシアのほうを向いている人間が離れた場所に三人いることに。

三人とも、屈強そうな男だ。

——あれ？

三人が目と目で合図をしている。

アリシアは、実家を追い出されたときのファティスとの会話を思い出した。

『今まで一人で平気だったもの』

『今までは、ね？』

——ファティスが私を監視していたのは、連れ帰るためだけではなかった⁉

三人がさりげなさを装いつつも少し時間差をつけて立ち上がった。

アリシアは、足がすくんで動けない。

——やっぱり、幸せすぎると思っていたのよ！

だが、何人もの男たちが、それぞれ違うところで立ち上がり、ふたりを取り押さえた。中には王宮で見かけたことのある近衛兵の顔もあった。

やはり、監視は護衛も兼ねているらしい。

——でも、ふたり？

あともうひとりが短刀を手にして自分のほうに向かってくる。

——殺される！

そう叫びたいのに、声が出ない。だが間近に来て自分の誤解に気づく。

——ファティスだわ！

彼の視線は自分ではなくファティスに向かっていた。

そのとき、アリシアの脚が急に動く。

「危ない！」

飛びつくようにファティスに覆いかぶさる。と、そのとき激痛が走った。男に切りつけられたようだ。

だがすぐに「うがぁ！」と、背後から男の叫び声がした。

ファティスが右手で血の着いた剣を掲げている。左手でアリシアの腰を抱き上げるように彼自身のほうに寄せた。

「アリシア！　なんで！　なんで、君が盾になるんだよ！」

——よかった、無事で……。

「だって……ファティス……だい……すき……」

アリシアの意識が遠のいていく。

——ファティス、もし、あなたより長生きできなかったら、ごめんね……。

第七章　本当に好きな人

アリシアが目を覚ますと見慣れた石造りの天井があった。照明器具が何も釣り下がっていない実家の自室だ。目の前にファティスの顔が現れる。優しい瞳をしていた。ベッド脇に椅子を置いて座っていた。

安堵の涙がアリシアの頬を伝う。

「アリシア……」

彼の手がアリシアの手にそっと重ねられた。

「ファティス……」

アリシアは潤んだ瞳でファティスを見上げる。

「アリシア、こんな浅い傷でよくあんな死にそうな感じになれたな?」

いきなり悪態をつかれ、アリシアは半眼になった。むくっと起き上がる。

——本当だ。ちょっと右腕が痛いだけ。

アリシアは、そっと自身の二の腕に手を置いた。包帯で盛り上がっているのが夜着の上からでもわかる。

「でも、どうして……ここ？」

「一番近い名医はどこだって聞いたら、皆が皆、ここだって。アリシアの父上はすごいな」

「そう……」

頬が温かい手に包まれて、アリシアは彼の大きな手に自分の小さな手を重ねた。

「でもなんで、あんなこと……？」

「だって、短刀を持ってファティスに向かってきたから」

「私はいつも帯刀しているから、自分ひとりぐらいなんとかなるんだ。アリシアは今度からは逃げることを考えなさい」

「そっか……私、邪魔だったのね？」

――ひとりで悲劇のヒロインぶって恥ずかしいったら。

ファティスが困ったように微笑む。

「ううん、おかげで早く気づけて、アリシアに短刀の先が少し触れた時点で、私の剣で男の腕を突き刺すことができたよ？」

「私、軽症なのに、ショックで気を失ったのね」

ファティスがアリシアの両手を彼の手で包み込んだ。

「アリシアに何かあったら私の心臓が止まってしまう……二度とあんなことをしないでくれ」

「……う、うん、ごめんね」

アリシアは急に照れくさくなってうつむいた。すぐに彼の指で顎を上げられる。ファティスの顔が傾き、唇が近づいてきた。

アリシアはうっとりと瞳を閉じる。唇が重なった。それだけで全身が総毛立つ。自然と手は彼の背に回り、シャツをぎゅっと握りしめた。

「………ん……ふ」

ファティスの舌が当たり前のようにするりと入り込む。何も変わったことがないかと確かめるように、口蓋を舐め上げて奥までたどりつくと、少し引き返して、彼女の舌下《ぜつか》をまさぐる。

――だめ、もう離れられない。

舌裏をくすぐられ、アリシアの舌が自ずと彼の唇を割る。お互い、しばらくぴちゃぴちゃと舌をからめ合った。

――蕩けそう……。

次第にアリシアの体から力が抜けてきて、彼の背を掴んでいられなくなる。

と、そこでトントンと戸を叩く音が聞こえ、ふたりは同時に、がばっと離れた。

扉が開いて、アリシアの母親が入ってきた。木製トレイには白いカップがふたつあった。

「あら、アリシア、やっと起きたのね」

ハーブティーの匂いがする。

「ありがとうございます」

ファティスが立ち上がり、扉の前でトレイを受け取る。と、そのとき、急に驚いたような声を上げた。

「この女の子は⁉」

母親がなぜか、しまったというような表情になる。

アリシアの部屋の扉の脇に小さな肖像画が掛けてあった。それはアリシアが小さいときのもので、青空を背景に黄金の髪をきらめかせ、色とりどりの花の束を抱えて青い瞳を輝かせている。

この肖像画は壁の窪《くぼ》みに掛けてあり、ベッド脇からは死角になっていたのだ。

ファティスはトレイを持ったまま、じっと肖像画を見つめていた。

「ああ、それ？　私が小さいときよ。だんだん髪の毛が茶色っぽく、瞳も青色にいろんな色が混ざって、マーブルになったの」

――このままだったらよかったのに……。

振り向いたファティスの瞳は何か信じがたいことが起こったかのように見開かれていた。あまり感情を出さない彼にしては珍しい。

「……アリシア、なぜ君は貴族の邸宅にいたんだ？」

「え？　なんのこと……？」

「私としたことが……なぜ気づかなかったのか。だって、君のお父様はもともと王都の名医だったんだよね？」

「え、ええ、そう聞いているわ」

ファティスの意図がよくわからなくて、アリシアは困惑してしまう。

「貴族の子と遊んでいたら、怒られたって、以前、言っていたけど……？」

「そうよ。四歳のとき、往診中に、私が貴族の邸の庭に勝手に出ていって、そこの男の子と遊んでいたそうよ」

「四歳……」

なぜかファティスが年齢に反応している。

また、貴族の男との仲でも疑っているのだろうか。はっきり言って、その男が誰なのかなど全く興味がない、というか、恨みしかない。

「十年以上も前のことよ。母に怒られた記憶しか残ってないわ」

そのせいで両親は王都を離れることになったと聞く。その貴族はどれだけ狭量なのか。王都より村での生活のほうが合っているからちょうどよかったと父親は笑ってくれるが、その事実は今も、アリシアの心に重しとなってのしかかっていた。

名医である父親が追われたことだけではない。自分が差別されるような身分であると知ったきっかけとなったからだ。

「アリシア、その男児は貴族の子じゃない。侯爵邸に遊びに行っていた王太子――私だ」

「ええ⁉　なんでそんなことわかるの?」

「それは……私が……この金髪碧眼の娘をずっと忘れられなかったからだ」

ファティスが照れを隠すかのように唇を引き結び、斜め後ろの肖像画のほうに親指を向けた。

「うそ……!」

アリシアが唖然としていると、ファティスがなぜか不機嫌になる。

「いくら四歳とはいえ、どうしたら私の顔が忘れられるんだ⁉」

「ファティスこそ!　髪と瞳の色しか覚えてなかったってこと?」

「ごめんなさい!　私のせいなんです!」

母親が急に大きな声で会話に割って入ったので、アリシアとファティスは口をつぐんだ。

ベッド脇にもう一脚、椅子を運び、母親がそこに座る。

「アリシアが生まれてすぐに、内ももの月桂葉に気づきました。当時、夫は貴族を診る医師だったので、王宮からそう遠くないところに住んでいたとはいえ、まさか自分の子が……って」

驚いたのはアリシアだ。

「ど、どうして隠していたの⁉」

「だってうちは平民よ？　ばれたら、将来、王太子妃にするために、小さいうちに取り上げられかねないわ。幸い、他人には見られない場所だったので隠し通せると思っていたの」

「思っていた……？」

ファティスの眉が興味深そうに上がった。

「でも、ある日、メルクー侯爵邸でケガ人が出て、アリシアを誰かに預ける時間がなく、私はアリシアを連れて夫に同行したんです」

「メルクー侯爵夫人は母の親友で私はその日、お茶会に連れて行かれていた」

「ケガ人が止血で一命を取りとめたところでアリシアがいないことに気づき、庭に出ると、王太子殿下がアリシアを抱きしめていました」

「ませた子どもね」

じとっとアリシアはファティスを横目で見た。

「君のお母様がすごい勢いで近づいてくるものだから、七歳なりに守ろうとしてのことだ」

ファティスは仕事の話でもするように淡々と話したが、アリシアは彼の表情が読めるようになってきていた。

――今、絶対、照れているわ。

「しかも、私が引き離そうとしたら、こう言って抵抗されたんです」

ファティスが「覚えています」と、手を少し上げて、母親の言葉をさえぎった。

「私は王太子、ファティスだ。『月桂樹の乙女』は会えばわかると父上から聞いていたけれど、ここまでとは思っていなかった、でしょう?」

母親が身を乗り出す。

「そう、そうなんです。それで私、怖ろしくなって、殿下から娘を引きはがすようにして馬車に乗り、夫に相談し、その晩、夜逃げするようにこの村に越してきたのです」

「そういうわけでしたか。私はあのときからずっと金髪碧眼の運命の乙女を探し続け……『月桂樹の乙女』が植物園で見つかったと父から聞いても信じようとしなかったんです。父がその日のうちに近衛兵を使って、この家を突きとめていたというのに……会うまで半年かかってしまった」

母親が立ち上がって、ファティスに頭を下げた。

「結局、どうやっても『月桂樹の乙女』と王太子殿下は引き離せない運命なのですわ。私のせいで回り道になってしまって、本当に申し訳ありません」

ファティスも立ち上がる。

「お義母様、おやめください。かわいい我が子を手放したい母親がどこにいましょうか」

アリシアの母は、両手を口に開けて涙を流し始めた。

「あ、ありがとうございます。やっと……やっと……楽になれました」

ファティスが母を包み込むように、背に手を回してとんとんとしていた。

アリシアは、なんだか母親が小さくなったような気がした。それはファティスの背が高いだけではない。

――ママも苦しんでいたのね。

もうすっかり夜も更けた。ファティスは自然とここに泊まることになる。他の部屋からベッドが運び込まれ、ベッドをふたつ並べた。

アリシアにしてみれば、自分の部屋の天井を見て、王太子とふたり並んで寝ているなんて変な感じだ。

横から彼の低い声が聞こえてくる。

「この間の夜は荒々しく抱いて……すまなかった。自分で自分に嫉妬してたなんて……喜劇だよ」

「私は私で、金髪碧眼の娘がファティスの本命だっていう噂に傷ついていたわ」

ファティスが上体を少し上げ、左手で、アリシアの右頬を覆った。

「そうか……人の口に戸は立てられないな。結局、私は、何度会っても君に恋してしまうんだ」

アリシアはごろりと体をファティスのほうに向けた。

「それは、『月桂樹の乙女』だからでしょう?」

ファティスの右手が伸びてきて両頬を覆われる。

ここには優雅な枝付燭台などなく、太い蠟燭一本が灯るだけ。だが、その緋色の光はファティスの瞳を甘く輝かせていた。

「この三日間、離れていたのに、不思議とアリシアとの距離が急に縮まったように思うんだ」

「私も……。嫌われてもいいやって思ったら本音で話せて……急にファティスとしゃべるのが楽しくなっちゃった」

「……嫌われてもいいって?」

ファティスの片眉が不愉快そうに上がった。上体を起こして自身の黄金の前髪をかき上げる。

——え?　まずい。

「この私を捕まえて、どうでもいい……?」

「ちがっ、ほらっ、やっぱり王太子様なんて、雲の上のお方で、気を使うじゃない？　今思えば、本音で話せてなかったっていうか！」

——そういえば、夫が結構、腹黒だとわかったのも、この三日間だったわ……。

「今日は本音で応《こた》えるんだ」

ファティスが上半身だけアリシアのベッドに乗り出す。

「ここ、実家だし……しかも、私、ケガ人なのに！」

「お仕置きには、そのぐらいがちょうどいい」

よくも真顔でこんなことが言えるものだ。

ファティスがアリシアの顔の手前に右手を突き、左手を下半身のほうにのばして彼女の夜着の裾をまくり上げていく。

「あ……」

裾がゆっくりと太ももを撫でていく感触に、アリシアは全身を粟立たせた。

「ほら、こんな顔をして、アリシアは最初から、ベッドでだけは素直なんだから……」

「え、ええ？」

ファティスが上半身をさらに乗り出し、夜着の上から右の上腕に口づけた。ケガをしたところだ。

その動作は緩慢で、アリシアは彼の愛情に酔いしれる。

「そんなに痛まないんだろう?」

見下ろす彼の瞳、その黄金《きん》の睫毛が蠟燭の炎を受けてきらめく。

「う……うん……」

少し痛むが、それよりアリシアは早くも、この美しい男が欲しくて仕方なくなっていた。

ファティスの顔が彼のベッドのほうに戻っていく途上で、軽く口づけられる。顔をクロスさせて唇を覆われ、いつもと違う感触だ。

「……ん、ファティス」

「アリシア……」

ファティスは顔を離すと、顔を引っ込めずに左に振った。

アリシアは夜着の上から乳頭をくわえられる。

「あっ、あぁ」

アリシアは口を半開きにして左手で彼の白シャツをくしゃりと掴んだ。

「ああ、アリシア、もっとあげるから」

ファティスがもう片方の乳首も布の上から口を着け、ちゅぷっと吸いつくように舐《ねぶ》った。そうしながらも手で夜着をまくり上げていて、それが下乳に引っかかる。すると、彼は一旦、唇を離して、夜着を彼女の左腕と頭から抜いて、右腕にからめた。

「あ……」

アリシアは肌が外気に触れて敏感になる。裸体がさらされ、彼女が震えるのは、夜の冷気のせいではなく、むしろ彼の視線のせいだ。

彼女の白くふくらんだ乳房、先端がもの欲しそうに尖り、それが落とす影の先にある腰のくびれから尻の丘への美しい曲線――。彼の視線がそんなふうに動いていった。

「見られたら、感じるんだ？」

ファティスが黄金の睫毛を伏せがちにして横目で見てくる。口の端がわずかだが上がっていた。彼の脚は依然として隣のベッドに伸びていて、彼女の体と交差させるように横向きにベッドに侵入している。

だからファティスがアリシアを見つめると、自ずと流し目になるのだ。

まっすぐに見つめられるより艶っぽくて、アリシアはそれだけで、ぞくぞくと快感に震えてしまう。

「だってぇ……あっ」

唇の優しい膚触《ふしょく》が首筋から下へとゆっくりと這っていく。触れたところに快感が伝播《でんぱ》していくようだ。

「はゎ……はぁ……」

舌を乳房に這い上がらせ、ファティスがその頂点をべろりと舐め上げた。久々に直に触れる彼の濡れた舌。それだけでアリシアはびくんと背を反らせ、足を突っ張らせる。

「アリシアも飢えてたんだな」

ファティスが今度は乳頭をほおばり、口内で舌を使って乳首を舐《ねぶ》ってくる。

「ふっ……くぅ……はぁ」

アリシアはぎゅっと目をつむり、枕の端と端を掴んだ。

ファティスは唇を乳房の頂から外すと、濡れて滑りやすくなった乳首を指でつまんで、ぬるぬると転がしながら、さらに唇を下げていく。下腹まで来られたらもうたまらない。足をぴくっぴくっと痙攣させ、「ふ、く、くぅ」と高い声で啼いてしまう。

ファティスの舌が脚の付け根の手前で止まった。そこをべろりと彼の大きな舌で撫であげる。

横からというのは、なんだか診療でもされているようで、変な感じだ。

それでいつもより敏感になっている自分はもっと変だ。

「あ……んっくぅ……ああ」

充血した花芯を何度も舐《ねぶ》られ、アリシアは顔を上げて身をよじり、枕の端を引っ張ることしかできない。

と、そのとき、乳首に触れていないほうの手が下肢に伸び、四本の指が縦に並んで、彼女の股ぐらへと沈んでいった。

「あぅ……あっあっあっ！」

体の最も敏感なところ三カ所を同時に愛撫されてはもう降参だ。喘ぎ声が止まらない。

「いけない娘《こ》だ。さっきまでは実家だとかケガしてるとか気にしていたのにな？」

「じゃ、や……めて、よぅ……は、はぁ、んんっ！」

指四本に何度も撫でられたあと、すでに起き上がった蜜芽を軽く噛まれる。

「あ、ああ！」

アリシアの腰が跳ねた。

「やめられても困るんじゃない？」

ファティスは野生的な眼差しでアリシアを挑発しながら尖った乳首を親指で弾く。

「ふっ……くぅ」

やはり、声を我慢できそうにない。

アリシアは涙目で身をよじりながら、自身の右肩にぐしゃぐしゃとまとめられた夜着を噛んだ。

「だめだよ、そんなもの、噛んじゃ」

ファティスはアリシアの小さな口に自身の親指を突っ込んでこじ開け、布を噛むのをやめさせ、さらにはもう片方の手を、太ももの間《あわい》に落とし、濡れているのを楽しむかのように、四指をぬるぬると何度か前後させたあと、中指と薬指を蜜源へと沈めていく。

「あぁ！」

アリシアは彼の親指を口内に入れたまま小さな口を全開にし、脚をぷるぷると小刻みに痙攣させた。口と腹の中に彼の指を感じて敏感になった乳首が、ねっとりと彼の舌に包まれる。

アリシアは、まるで自分が彼でいっぱいになったようで、指をしゃぶりながら、「……あ……ふ……あ」と時折、声を漏らすことしかできない。

「さあ、一度達《い》きなさい」

耳もとでファティスに囁かれ、蜜道が彼の指をきゅうっと締めつけてしまったのが自分でもわかる。

「んっぅん」

ファティスが指二本を広げて、彼女の蜜壁を撫で回しながら、奥へと進ませている。ゆっくりでじれったい。

でも、そのせいでアリシアはどんどん昂《たか》ぶってしまう。目を見開いて喘ぐ。目尻からは涙がこぼれ落ちる。

喘ぎ声が止まらなくなり、顎を上げたものだから、親指が外れる。

「はあ、あっ、やあ……あ、ああ」

自身の嬌声の合間に聞こえてくるのはちゅぱちゅぱと乳暈を吸われる音と、じゅぶじゅぶと蜜を垂らして彼の指に歓《よろこ》ぶ音——。

そんな淫猥な音を立てながらも、彼の眼差しは清冽《せいれつ》な森のように凛としていた。

それがアリシアをおかしくする。

「ファ、ファティ……だめ、だめよぅ……わ、私……わた……あ!」

「いいよ、だめになって?」

ぐぐっと彼の長い指を根もとまで押し込まれ、アリシアはめいっぱい背を反らせたあと、シーツに身を落とした。

ファティスが指を抜き、上体を起こす。

はぁ、はぁとアリシアはしばらく肩で息をする。体の中が自分の鼓動でいっぱいになったようだ。

「アリシア……ここ」

彼の手のひらが鎖骨から乳房のふもとまでをゆっくりと這っていく。

——ここ?

「ピンクに染まって——きれいだ」

アリシアを見下ろし、半ば伏せているため、下に伸びた睫毛の合間から見える彼の緑の瞳は劣情をまとっていた。

そんな目で裸を見られている、アリシアはそれだけでぞくぞくと新たな快感に身を包まれる。

「ファティス……」

アリシアは、ファティスをすがるように見つめ、彼のシャツを手で引っ張った。ファティスはアリシアの左脇に手を突いているだけで、依然として彼のベッドから出ようとしなかった。

「何？　おねだり？」

「同じベッドじゃなきゃ……いや」

彼の手がアリシアの頬を優しく包み込む。

「……私のかわいい人」

アリシアは自ずと口を半開きにして、彼の唇を乞う。

ファティスが彼女の上唇を食《は》み、口内を舌で満たす。

出会ったときの、むさぼるようなキスではない。相手を思いやるような、深く味わうような——そんなキスだ。

彼の視線の先は、体の中で唯一、服で覆われている彼女の肩だ。今思えば、夜着を完全に脱がさず、肩にまとめあげたのは、傷口を考慮してのことだろう。

――あ、こっちのベッドに来ないのも、もしかして?

いつもなら彼の大きな体が、仰向けのアリシアの体全体を覆っているところだ。

お仕置きだとか口にしながらも、彼の根本《こんぽん》は優しい。

――そういえば、国王様が……。

『ファティスは不愛想だけれど、根は悪い子じゃない』

アリシアは植物園で国王が語った言葉を思い出していた。

「……私、植物園で国王様にお会いしたの」

「父に聞いたよ」

ファティスがようやく、アリシアのベッドに全身を乗り上げ、ケガをしているほうの脇に肘を突いた。接触を怖れてのことだろう。

「どういうふうに?」

「新しい世代の娘だ。きっと王室や貴族社会を変えてくれるだろうって」

彼の舌がアリシアの首から耳もとへと這い上がる。

「や……そんなの……買いかぶりすぎよ」

「そんなことはない。なぜ私が狙われたと思う?」

耳朶《じだ》をしゃぶられ、アリシアはぞくっと縮こまった。

「ふ、ふぇ？　そういえば……あの人たちは誰に雇われて……？」

「おそらくランブリノ公爵家。刺客を生かしておいたから、今ごろ吐いているだろう」

ファティスが真横で酷薄な笑みを浮かべている。

――美形なだけに恐ろしさ倍増だわ……。

「……平民と結婚したせい？」

ファティスの瞳が一変して優しさをまとい、唇に唇を重ねてくる。

「アリシアが気に病むことはない」

「で、でも」

――私のせいでファティスが殺されたりしたら、生きていけない。

アリシアは想像しただけで涙目になってしまう。

ファティスがそれに気づき、目尻にそっとキスを落とした。

「心配しないで。もともと情報を掴んでいたから、おびき寄せるいい機会として使わせてもらっただけ。王宮ではさすがに襲えないからな。だが狙われているのは君も同じ。だからアリシアがコリーナの家から消えたときは肝を冷やした」

アリシアはハッとして、ファティスに視線を向ける。

「そうだったの、ごめんね」

ファティスが髪を撫でてくれた。

「今、平民も行政に関われるように、制度を変えようとしているんだ」

「そ……そんなこと、できるの？」

「する。貴族は享楽的でちゃんと学問をしない者が多いので、臣下として優秀な人材が足りない」

その凛とした横顔にアリシアはうっとりとしてしまう。

「それで狙われたの？」

「ああ。いい機会だ。既得権益に執着し、私を排除して公爵を擁立しようとしていた一派はこれを機会に一網打尽にする」

――公爵令嬢は平民と姉妹になりたくないって言っていたわ。

「……私を、ランブリノ公爵の養女にしようとしてなかった？」

「それは侍従長のルキアノスが勝手にしたことだ。公爵家は一旦受けたが、私が取り消した。ルキアノスは、公爵家が陰で王家と反目していることを知らなかったんだ。公爵はプライドだけは高いから、断ったようなことを吹聴《ふいちょう》している」

ファティスが困ったように微笑む。

「じゃあ、伯爵に頭を下げたのは本当？」

「そんな噂まで……？」

ファティスがうんざりしたようにため息をついた。

「君は貴族ってものがどれだけ腐っているかわかっていない。退屈な毎日を持て余して、どうしたら話が面白くなるかでしゃべっているだけ。話半分で聞くぐらいがちょうどいいよ」

アリシアは両手で口を押さえた。心の中に積み重なっていた澱《おり》が一気に洗い流されていくようだ。

彼女が感激しているというのに、ファティスが不遜な笑みを浮かべる。

「そもそも、この私が臣下に頭を下げるなんてありえないだろう？」

アリシアは半眼となる。

――やっぱ黒いわ。

「せっかく、じーんとしてたのに！」

「伯爵は貴族にしては珍しく、領民を大事にしてつましい生活をする立派な人間だ。だから、今まで援助をしてきた。後ろ盾があるほうが、アリシアが安心するかと思って養女を頼んだけれど、それこそ平民を馬鹿にしている。すべきでなかった。すまない」

「ううん、ううん」

アリシアは口に手を当てたまま、何度も左右に頭を振った。

「私が頭を下げるとしたら、君だけだよ、アリシア?」

ファティスが両脇に肘を突いて、彼女の全身を覆い、顔と顔を突き合わせる。

「養女を解消しよう」

アリシアの瞳に涙がにじんだ。

——やっとわかったわ、自分のもやもやの正体……。

「……私、村一番の医者の娘として嫁入りしたかったの……」

アリシアの涙腺が決壊した。涙が止まらない。

ファティスが親指で涙を拭きとる。

「ごめん、そうだよ。だって、食堂の連中、アリシアのお父様を、ここら一帯で一番の名医だって口ぐちに褒めていたよ? しかも、お金のない患者からは取らず、金持ちからの診療代でまかなっているって。……君のご両親は立派な方だ」

「ファティス……!」

アリシアは涙を流しながら、左手だけで彼の首をかき抱き、首を伸ばし、彼女から唇を重ねた。自分からこんなことをしたのは初めてだ。

「だ……大好き……」

「知ってる」

ファティスが膝立ちで起き上がり、シャツとトラウザーズを脱いだ。

アリシアは陶然として、彼のたくましい体を見つめた。

「アリシア……愛してる」

ファティスはアリシアの脇に横向きに倒れ、彼女の腰を抱き寄せて、アリシアのケガをしているほうの腕が上にくるように横臥《おうが》にして顔を向きあわせた。

アリシアは彼の背に右手を回して体を押しつけた。ファティスのしなやかな筋肉に、自身の乳房がぎゅっと押され、それだけで快感が全身を駆け抜ける。

「ず……ヒクッ……ずっとファティスと……こ、こうしたかったの」

ファティスがアリシアの額にキスを落とした。

「やっと認めたな」

「……認めたくなかった。だって、最初会ったときから、ファティスとひとつになりたいって思っていたなんて……変よね、私」

アリシアは顎をとらえて上げられる。

「私も最初会ったとき、なんで離れていられたんだろうっていうぐらい衝撃的にアリシアと繋がりたくなったんだ。初対面なのに、だよ？」

ファティスが自嘲するように片方の口角を上げた。

「私もどうしようもないくらいファティスに惹きつけられて……それが月桂葉のせいだって認めたくなかった。けど……今思えば、やっぱり、そう運命づけられていたのね」

彼が唇を重ねると、アリシアも舌を出し、自然とお互いに舌と舌をからめ合わせる。

「………ん、ふぅ」

ふたりは唇を離したあとも、鼻が触れそうな近さで見つめ合った。

「アリシア、私も最初はそう思っていた」

「……今は違うの？」

「月桂樹がアリシアを選んだから惹かれるんじゃない。私が本当に惹かれる乙女を探し出せるように、月桂樹が手伝ってくれていたんだって、今はそう思っている」

アリシアの瞳に涙がにじむ。

「私も……今は、こんなに自分に合う人はいないって……」

「アリシア……」

「ファティス」

ファティスは彼女の背に回した手に力を籠《こ》めた。屈んで乳頭をくわえる。

吸いつくような白い肌、このやわらかな膚触を唇で、舌で愉《たの》しむ。

すると、アリシアは頬を薔薇色《ばらいろ》に染めて、潤んだ瞳を向けてくる。

彼女の栗色の睫毛はくるりとカーブして、日中、目をぱちくりとさせているときは愛らしく、睫毛を半ば伏せた今は、マーブル色の瞳を妖艶に輝かせている。

アリシアは、その、様々な色が混じり合う瞳の色のように、次々と異なる面を見せてくれた。

最初、ファティスは卑怯《ひきょう》にも子作りの義務をかざして抱きつぶした。

でも、今は、子どもなんてしばらくできなければいいのにとさえ思う。

彼女とひとつになれる幸せは何事にも変えがたい。

やがてさくらんぼのように赤い唇から、かわいらしい高い声がこぼれだす。

いつまでも聞いていたくて、挿入を後回しにしてしまうほどに、その声はファティスをいつも深く酩酊させる。

「アリシア、もっと啼いて、聴かせて」

ファティスは横向きのまま左の大腿を、彼女の脚の間にぬるりと差し込む。そこはもう濡れて、ファティスを待ちわびているかのようだ。

「あ……ん」

困ったように眉を下げてアリシアがファティスを見上げた。

——でも、まだだ。

もっともっとアリシアを高めたい。繋がるのはそれからだ。

ファティスは膝を上げて、大腿をぐっと太ももの間《あわい》に押しつけ、そこを前後に揺さぶる。

「ふぁ……あ……ファティ……あぁ」

アリシアが、ファティスの腕をすがるように掴んだ。小さな手の細い指の感触のなんと愛らしいことか。

だから、ファティスは彼女の額に、目尻にキスを落としてお返しする。彼女はこんなふうに優しくされると、さらに感じてしまうのだ。その証拠に彼の脚にどんどん蜜があふれてくる。

「そうだ、私を欲しがるんだ、もっと、もっと」

「や……もう、だめ……、お願い」

「いいよ、達《い》って?」

「いや、ひとりじゃ……」

彼女のマーブル色の瞳が潤んで揺らめく。どんな宝石よりも美しい。

「じゃあ、もう少し我慢するんだ」

耐えているのは、ファティスも同じだ。彼の性はすでに雄々しく反り返り、彼女の中に入り込むときを待っている。だが、彼はもう少し辛抱するつもりだ。

「ときどき……意地が悪い……」

不満そうに尖った小さな唇を、ファティスは舌でこじ開けて奥まで埋め尽くす。これから、こんなふうに入り込んであげるからと、なだめるような気持ちで。

「……………は、ふぅ」

「……もっとかわいがりたいんだよ」

ファティスは彼女を舐め回したい衝動に駆られていた。そうしたら、アリシアはどこまで乱れてくれるのか。

彼女の腋下に親指を引っ掛けて固定し、ファティスは横向きのまま、ずり下がった。目の前にあるのは、横を向いてもなお、ぴんと張り出した円《まろ》やかな乳房だ。その頂点の蕾は、明るいところでは薄桃色に輝くが、今はこの暗がりで淫靡《いんび》に揺れる。

ファティスは乳頭をほおばる。口蓋で舌で唇で、その吸い付くような柔肌の感触を愉しむ。

彼女の体から力が抜けてきて、頭上から漏れる声が息も絶え絶えという感じに変化する。

そのあえかな声を、ファティスはもっと聴いていたかった。

だから、彼は、今度は細腰を掴んで支え、自身の体をさらに下げていく。下げながら、通り道にキスを落とす。下腹に口づけられたとき、彼女はびくんと上体を反らせた。

やがて下生えの中ですでに立ち上がった蜜芽を舌で弾く。

「は、あぁん！」

再び彼女の声に力が籠った。彼の頭を指でくしゃくしゃとしてくる。

ファティスは彼女の左脚を掴んで掲げ上げ、月桂葉に口づけた。これは感謝だ。アリシアに巡り会わせてくれた月桂樹への。

「ふ……ふぅ」

上げたほうの脚はいつしか、彼の肩に掛かっていて、びくびくと震えているのが伝わってくる。月桂葉が、彼女の敏感な太ももにあることにも感謝したい。

ファティスは太ももを濡らす蜜を掬いとるように舌で舐め上げて、やがて蜜の根源へと舌を沈めていく。

「あっ！」

アリシアがひときわ甲高い声を上げ、彼の頭に手を突いて、腕を突っ張らせた。同時に彼女の中も締まる。

彼は親指で花芯をぐりぐりと撫でながら、彼女の細い路《みち》に肉厚な舌を押し込んでいく。

そこはすでにひくついて彼を欲しがっていた。

――そろそろ達しそうだな。

「ふ、あぁ……ファ……だめぇ、わた、し……熱い、熱いのぉ……」

アリシアが一気に乱れだす。身をよじって、彼の肩に掛けた脚をこすりつける。

ファティスの心に悦びがあふれる。彼女の中のうねりを舌で愉しみながら、アリシアが口を開け、涙を浮かべるさまを見上げていた。

――きれいだ……。

「ねっ、おねが……、ファティ……ひとり、いやぁ！」

「……わかった」

ファティスもまた限界だった。

彼女の腰を掴んで這い上がり、顔を向かい合わせる。

「ふ、ふぇ」

ファティスは目尻の涙を舐めとり、アリシアの体全体を引き下げ、彼女の脚の間に大腿を突っ込んで開脚させた。

「アリシア……」

ファティスは尖端を浅く彼女の隘路に差し込んだ。最初はこじ開けないと入れなかった蜜筒は今や彼の形を覚えていて、すぐに優しく包み込み、更に奥に誘うようにうねる。

「あっ！　ファ、ティス、あ、い……してる……愛してるの」

「やっと言ったな」

ファティスは彼女の腰を掴んで、中を剛直でずんっと埋め尽くす。

「あっ」

「……私なんかとっくの昔から愛してる」

——君が四歳のときからね。


あれはファティス、七歳の春だった。

母親である王妃がファティスと姉を連れて、親友のメルクー侯爵邸を訪ねていた。庭のお茶会で、仲良しのふたりと姉は、噂話《うわさばなし》に花を咲かせており、ファティスは退屈のあまり、テーブルの下に隠れるふりをして、そのまま庭へと飛び出し、侍従を撒《ま》いた。

「殿下〜!」

遠くで侍従の声がする。

これはこれで、かくれんぼのようでおもしろい。

ファティスはまずは緑の植え込みの中に入り込み、落ちていた棒でムチ打つように進んでいった。気分は森を開拓する勇者である。

「こら、だめよ!」

振り向くと四、五歳の金髪の幼女がいた。

——どうりで舌ったらずなはずだ。

その女児は、とがめるように眉は上がっているが、青い瞳は陽光で透明感を増し、かわいいといえばかわいい。ただ、さっきから自分を襲う甘い痺れがなんなのか、ファティスには理解できなかった。

理由がわからないまま、その幼女から目が離せないでいた。

「どうしてだめなんだ？」

「悲しんでるわ、この子」

——子？

彼女が植垣の白い花を触ると、棒で殴られてくたっとしていた花びらがわずかだが漲《みなぎ》りを取り戻した。

——もしかして、この娘？

そのときに気づいた。この力は母親と同じものではないかと——。

「あなた、誰なの？」

「え？」

アリシアはファティスの胸に片手を突いた。

どくんと大きく心臓が鼓動する。こんなこと、ファティスは初めてだった。

「……もしかして……あなた……?」

幼い娘らしく小首を傾げているが、その瞳は大きく見開かれて真剣だった。

ファティスは迫力に呑まれてごくりと唾を飲む。

──やっぱりこの子が『月桂樹の乙女』……?

「……おままごとがしたいのね?」

「はぁ?」

「いいわよ。でもね。生きている花はだめ」

幼児にいきなり仕切られて、ファティスは肩をすくめる。

アリシアはスカートを手で広げ、落ちている葉や花びらや小石を集め始めた。

「まず、私が作ってあげるわ」

「あ、ありがとう……」

大きな葉に、泥団子や花びらや小石を盛って差し出される。

「いただきます」

ファティスが花びらを食べるふりをして「美味しい」と言うと、アリシアは満面の笑みを浮かべた。

──かわいい。

ファティスがうっとりと眺めていると、侍女らしき女が無言でつかつかと近づいてきた。

――この女、なんで声を発さないんだ？

ファティスは危険を察し、アリシアを抱きしめた。

『私は王太子、ファティスだ。〝月桂樹の乙女〟は会えばわかると父上から聞いていたけれど、ここまでとは思っていなかった』

なぜか女が目を見開いて震え出す。

「早く……早く帰りましょう」

アリシアまでおびえるように自分を見て、その女の懐に飛び込んだ。

――やはり、この女は侍女か乳母？

さらには、女はアリシアを抱き上げて足早に去っていくではないか。

ファティスが呆然としていると、侍従の声が聞こえてくる。

「殿下、心配いたしました！」

そのままファティスは母親のもとに連れ戻され、再び、隣でちょこんと椅子に座った。

「ファティスはじっとしていられないんだから」

母親が呆《あき》れたように微笑むと、「ご健勝であらせられますから」と、侯爵夫人がコロコロと上品に笑って返す。

ファティスはさっきの女児が誰なのか、気になってしょうがなかった。

「メルクー侯爵夫人、お子様はいらっしゃるんですか」

「ええ。いますわ。ふたりね」

「何歳でいらっしゃいますか」

「長男が二歳で次男が一歳なんです。ファティス様と年の近い子がいればよかったんですけど……ごめんなさいね」

「いえ、大丈夫です」

平静を装いながら、ファティスは深く落胆していた。

では、あの娘は誰なのか。

てっきり侯爵家の娘だと思って、名前も聞かずに別れてしまった。

ファティスはちらりと母の腕を見やる。

袖のレースの間から垣間見える、緑の月桂葉――。

とはいえ、さっきの幼女のことを母親に相談する気にはなれなかった。

――もし、もし、彼女が『月桂樹の乙女』ではないと言われたら……?

それが怖かったのだ。

その後、どんな女の子と会っても、アリシアのときのように心が高揚することはなかった。

そもそもみんな、王太子に媚びて、「だめよ」だなんて叱ってくれる娘なんかいやしない。

アリシアへの思いはふくらむ一方だった。

新しい娘が社交界デビューするたびに、特にその娘が金髪だと聞いたときには、今度こそ、と期待に胸をときめかすが、毎回空振りに終わる。

十八になるころには、このままでは会えないうちに娘が結婚してしまうのではないかと焦りが出て、こっそり侍従に命じて金髪碧眼の少女をリストアップさせたりもした。

結局、次世代の『月桂樹の乙女』が現れないうちに、姉と妹が外国に嫁《とつ》ぎ、母が病で亡くなり、父は植物園に引きこもるようになってしまった。

そんなとき父が、平民の中に『月桂樹の乙女』を見つけたと言い出す。

――そんなわけがあるか。

ファティスは、そこから本腰を入れて探し出す。貴族の中にいるはずだという大義名分を掲げて。だが、見つからない。

それが金髪碧眼の貴族を探していたという噂となって、アリシア本人を傷つけることになろうとは、ファティスは思ってもいなかった。

だが、アリシアは自分の愚かさも含めて全て受け容れ、愛していると言ってくれた。今、ファティスの腕の中で、彼の全てを感じとろうとするかのように眉間に少ししわを寄せて彼の性をぎゅっと取り込んでいる。

何度抱いても飽きることがない、この愛《いと》しい女――。

横臥で向き合って繋がり、宙に浮いた彼女の右足はびくびくと痙攣していた。

――二度と、二度と離さない!

「アリシア……!」

ファティスはもっと深く繋がりたくて、腰を抱き寄せると同時に奥まで突く。また退《ひ》いては、彼女の中を彼の熱塊で満たす。それはアリシアも同じだ。中を蠕動させ彼自身を奥へと引き込もうとする。

ふたりはともに高みへと昇り始める。

「アリシア、いっしょに……」

「ふぁ……」

ファティスは彼女の中で爆ぜた。

アリシアの脚が彼の大腿にしなだれ落ちる。

「アリシア……」

ファティスは、はあはあと息を整えながら抱きしめる。彼女と交わったあとはいつもこうだ。吐精したというのに、離れることができない。

繋がったまま、彼女の中の温かさに酔いしれる。

やがてアリシアの片眼《かため》が開いた。

ふにゃっとやわらかな微笑みを向けられる。

「……ちょっと、それ、反則だろ」

「えっ？」

アリシアは、下腹部の奥深くで眠っていた彼の剛直が嵩《かさ》を増したのに気づき、体をくねらせた。

「アリシアは、私となら何度でも達《い》けるはずだよ？」

ファティスの双眸が切なそうに細まった。

そんな表情をされては、アリシアは抵抗できない。こくんと首肯する。

「痛かったら言ってくれ」

ファティスが繋がったままアリシアを後ろ向きに倒したので、そのまま彼がのしかかるようになる。だが、ケガしているほうの脇で前腕をベッドに着けて、体重がかからないように守ってくれていた。

「は……ん」

中で彼の性がずれて、蜜壁をこすられる。

「あ……ファティ……」

アリシアはファティスの広い背中にしがみつく。

「アリシア……そうやって私を抱きしめて……」

ファティスがずんっと彼の太い根もとを、彼女の蜜源に完全に沈める。彼のがっしりした腰によって、彼女の脚は左右に押し広げられていた。

「う……うぅ」

アリシアは涙を瞳に溜めて呻く。早くも達してしまいそうだ。

それなのにファティスは追い打ちをかけるかのように、繋がったまま背を屈めて、アリシアの乳頭にかぶりつき、舌をからませ、じゅうぅと吸い込む。

「ふぁ……あぁ……あ!」

これをされると、もうだめだ。唇が触れているのは乳房なのに、下腹部までもが熱くなり、彼をくわえる媚壁はもの欲しそうにうねり出す。自分ではどうしようもない。

「ファ……ファティ……」

「もう片方も欲しい?」

「ん……欲し……」

もう片方の乳暈に吸いつくと同時に、彼の腰にも力が入り、アリシアはさらに奥まで圧迫されたような感覚に陥る。

「あっ……ふぁっ……あぁ」

彼は乳首を吸いながら、小さく抜き差ししていたが、やがて大きな動きへと変わっていく。乳房から唇が離れ、彼が弓なりになった。そうしたら、もっと深く繋がれる。彼は腰をぶつけるたびに、背を反らした。

アリシアは頭上のほうにずれていき、そのたびに乳房がふるふると揺れる。

またぐっと強く突かれた。

「アリシア……！」

その切ない叫びに、アリシアは開かれた脚をがくがくと震わせた。熱い飛沫《しぶき》を中に感じて気が遠くなる。

アリシアが目覚めると、彼のたくましい体躯《たいく》に、しなだれかかるようにうつぶせになっていた。頬を彼の胸筋に着けたまま顔をずらして上を向く。

ファティスがじっとこちらを見てくれていた。

「起きた？」

彼の手が髪の毛に伸びて、頭頂から耳の辺りまで、何度も優しく梳いてくれる。

「ファティス、あなたの腕の中に戻れて、私、幸せだわ」

「よかった……」

ファティスがゆっくりと目をつむり、ふぅっと大きく安堵の息を吐いた。

これではまるで戻ってこないと思っていたかのようだ。

「変なの。いつもなんでも思い通り、みたいな感じなのに」

「ただし、君に関してはめっぽう自信がなくてね」

ファティスが困ったように片方の口角を上げたので、アリシアはなんだかおかしくなってしまい、クスッと小さく笑った。

「笑ってくれ。これで、やっと言える」

ファティスがアリシアの手を取り、アリシアの頭上で手の甲に口づけた。

「一生、私とともに過ごしてくれるか」

アリシアは驚いて、少し上体を起こした。

「な、なあに、今さら？」

「そうだ、今さらになってしまってすまない」

「謝ったりするのは私にだけ？」

「もちろん、そうだ。私は王太子だよ？」

「王太子じゃなくて、ただのファティスとなら一生いっしょにいてあげる」

ファティスがアリシアの手を裏返し、今度は手のひらに接吻《せっぷん》した。

「ありがとう。あと、もうひとつ感謝しないといけないことがある」

「なあに？」

「母が亡くなったときに枯れた月桂樹、昨夏、君が治してくれたんだろう？」

「ああ、あの月桂樹……そうだったの」

「植物園の月桂樹も元気になったそうじゃないか。あの植物園は父が母のために建てたものなんだ。私もアリシアに何か建造してあげたいな。……こういう発想、合わない？」

――ほんと、庶民とかけ離れた発想だわ。

「村の復元はいやだけど……だって、ここに本物あるし！　でも、私、薬草園なら欲しいわ」

「実用的で、君らしいな」

ファティスは窓に目を向け、明けゆく空を眺めた。

そのとき彼は決意を新たにした。

身分に関係なく、試験で、実力だけで官吏を選ぶ道を切り開いてみせる、と――。

この小さなベッドで生を受けたファティスの息子が活躍するころには、彼が敷いた官吏登用制度が効を発し、カサヴェス王国は今までにない繁栄を迎える。

でも、これは、まだまだ先のお話——。

今はただ、ふたり、お互いの温《ぬく》もりに幸せを感じているだけ。

エピローグ

ファティスが、仕事が溜まっているからすぐ王宮に戻るというので、夜が明けると、アリシアはファティスに付いて庭に出る。そこでやっと思い出した。

コリーナと馬を交換したのだった。

「この馬、王宮に連れて行くわけにいかないわよね」

明らかに庶民の駄馬だ。

「じゃあ、実家に置いていけばいい」

「ごめんなさい。王宮の馬を勝手にあげちゃったの」

アリシアが申し訳なさそうに上目遣いでファティスを見上げると、彼が肩を抱き寄せる。

「馬鹿だな。王宮のものは全てアリシアのものなのに。馬車を用意しているから安心して」

「そ、そう……」

まだ王宮の居候気分が抜けない。

——そういえば、コリーナにお詫《わ》びしないと……。

アリシアのせいで、食堂が血みどろになったことだろう。

「私、コリーナのところに寄ってから王宮に戻るから、先に帰っててくれる？」

ファティスがもの言いたげに、じろりと見下ろしてくる。

——いまだに逃げられるとか思っていそうね……。

「では、私も同行しよう。だが、詫び金はたんまりとはずんだからな」

こういうところは相変わらず発想が特権階級で、やれやれだ。

結局、馬車で王宮に戻る途上で、コリーナの家に立ち寄ることとなる。

アリシアがコリーナの自宅の裏門を敲《たた》くと、コリーナと両親が一斉に飛び出してきた。

「王太子殿下、妃殿下、よくぞお越しに～！」

三人そろって同時にお辞儀をした。

——もう、権威に弱いんだから！

「アリシアはきっと迎えに来てくれると思っていたわ」

コリーナにいたっては、大きなバッグを抱え、さらにその後ろに大きな櫃《ひつ》を積み上げている。

不思議そうにするファティスに、アリシアが手でおいでおいでをする。彼が背を屈めたので耳打ちした。

「コリーナを、王宮で雇ってくれない？」

「だから、それは君が決めていいことだ」

——そう言ってくれると思ってた。

アリシアはコリーナのほうに歩み寄り、手を取った。

「ちょうど私たち、王宮に戻るの。いっしょに乗って！」

「ええー!? こんなキラキラした馬車に私も～？」

帰りの道中はアリシアにとっては楽しいものとなった。

が、ファティスは違う。いちゃつこうと思って手配した馬車が、コリーナと彼女の荷物で満杯になり、散々だ。

ふてくされるわけにもいかず、ファティスは形ばかりの笑顔で会話に応じていた。

王宮が見えてくると、アリシアはずいぶん長いこと、ここを離れていたような気がした。だが、実質たった四日だ。

黄金の門から宮殿へと続く広い道。中央に聳《そび》え立つ月桂樹も、脇に林立する月桂樹もいつの間にか黄色い可憐な花を咲かせていた。

四日前は、重苦しかった王宮も、月桂花のせいか希望が感じられる。

もちろん、花のためだけではない。

この数日間で、ファティスとの絆《きずな》が強まり、そして、コリーナという強い味方も現れた。

馬車が宮殿のエントランス前に着くと、まずはファティスが降りる。

「父上……!?」という驚きの声が耳に入り、アリシアが開け放たれた馬車のドアから外を眺めると、そこには金糸の刺繍がほどこされた紺の上衣をはおった、威厳ある国王が立っていた。

「いつお戻りになったんです?」

ファティスが顔だけ父親に向けて、そう問いかけながら、アリシアのほうに手を伸ばす。

アリシアは彼の手を支えに、馬車を降りた。

国王は髭を剃《そ》り、こざっぱりとしていて、植物園のときとは似ても似つかないが、確かにこんな悲しげな緑の瞳をしていた。

「昨日だ。お前が襲われたと聞いてな」

「ご心配をおかけしました」

ファティスはアリシアの手を引っ張って、彼女を少し前に出す。

「アリシアが守ってくれたんです」

アリシアは慌ててお辞儀をした。

「国王陛下、先日は大変失礼いたしました」

「なんの失礼があろうか。アリシアには感謝しかない。息子を助けてくれてありがとう。またお義父様と呼んでくれるかな」

「い、いえ、私があんなところにいなければ……申し訳ございません。お義父様」

「いや、私があえて自分を囮《おとり》にするようなことをしたのです」

ファティスが、かばってくれた。

「そんなことだろうと思っていたよ。最近の公爵家の所業は目に余る。それにしてもアリシア、今日はかしこまって、どうした？　国王だと気づく前は気兼ねなく色々話してくれたのにな」

国王は自身の顎を掴むようなそぶりをしてから何かに気づいたような表情になった。

「ああ、髭がないんだった」

ファティスがぷっと噴き出すと、国王も笑った。なのでアリシアも笑うことができた。

国王は目を細めてアリシアを見つめる。

「妻が亡くなってから萎《しお》れたようになっていた月桂樹が今年もこんなに美しい花を咲かせてくれた。アリシア、帰ってきてくれて、ありがとう」

アリシアは国王にしっかりと両手をまとめて掴まれた。息子と同様に背が高く、がっしりした大きな手だ。

横でファティスがこほんと咳をした。

「父上、先日もご相談しましたが、これから私は行政改革をしたいと思っていまして、もう、園には戻らず、ここで協力してくださいますよね？」

国王はアリシアの手を握りしめたまま、ファティスのほうを向いて首肯した。

「こうやって、咲き誇る月桂花を見ていたら、私もそろそろ今生きている者を大切にしないと、そうしないと、月桂樹、ひいては王妃にも喜んでもらえないように思えてきてな」

国王は再びアリシアのほうに視線を戻す。

「もちろん、そう思えるようになったのは、アリシアのおかげだ」

「そ……そんな……陛下……もったいな……」

アリシアの返事が終わらないうちに、さえぎるようにファティスが早口で話し始める。

「それはありがたいです。なにせ貴族と対峙《たいじ》すると、多勢に無勢。あちらは経験豊富な年上ばかりですから」

ファティスがうそくさい笑みを作って、アリシアの手から国王の手を取り上げて、エントランスのほうに引っ張った。

「では、アリシア、これから父と今後の打ち合わせがあるので、またあとで」

顔だけ振り向かせてそう言って、ファティスが去っていく。

「なんだ、お前、嫉妬しておるのか」

「違います！」

そんな声が漏れ聞こえてくる。

国王と王太子の関係が、なんだか市井の親子と変わらないようで、アリシアは嬉しくなった。

「国王様も渋くて素敵よねぇ」

背後から、コリーナの声がする。

「もう、コリーナはすぐそんな目で！」

アリシアが振り返ると、侍従たちがコリーナの荷物を抱えて彼女の後ろに控えていた。

「荷物は、とりあえず侍女の部屋にお願いするわ」

「はっ、かしこまりました」


コリーナと別れて、アリシアが王妃の居室に入ると、そこには最もアリシアを待ちわびていた者がいた。

侍女のミレーヌだ。

寝室からネグリジェ姿で飛び出してくる。

「私、アリシア様の代わりに、四日間、ベッドでふせっていたんですよ〜」

ファティスから聞いていなかったので、アリシアは目を丸くした。

「知らなかったわ！　ごめんなさい！」

「ずっとベッドで寝ていて、ほんとすっごく時間が流れるのが遅くて……」

「悪かったわ。二度といなくなったりしない」

「そうですよ私、アリシア様のお世話をするのが好きなんですから！」

アリシアは破顔した。

「ありがとう、私もよ。最近やっと気づいたんだけど、私、本当は働くのが好きなの」

今度はミレーヌが目を丸くするほうだ。

「王太子妃殿下が、働く……？」

「そうよ。別に接見とかそんな義務だけじゃなくて、自分で仕事を考えるの！」

そう口にしたことで、アリシアは自分が求めていたものをやっと見つけた気がした。

窓の外に広がる王宮の庭園。この向こうにもまだまだ土地がある。

「空気を入れ替えるわ」

「私がやります」と、窓に向かおうとするミレーヌを、アリシアは制止した。

「いいの、自分で開けたいの」

アリシアは自ら留め金を外し、窓を左右に開け放った。

春の風が月桂樹の清涼な香りを運んできてくれる。気分が一新するような匂いだ。

ファティスは薬草園を作ってくれると言った。
——まずはどんな薬草が必要とされているのか、調べないと。
薬師見習いにすぎないアリシアは学ばないといけないことだらけだ。
だが、ようやく人生の目的を見つけることができた彼女の胸は期待にふくらんでいた。

あとがき

私は学生時代、何かにつけて人生からルールを見出そうとしていました。と、書くとかっこよさげですが、所詮、暇な大学生が考えること。ろくでもないです。そのひとつが「紅茶とケーキ」の法則。

どうでもいいことですが、私、ケーキは紅茶がないと食べられないんです。つまり紅茶だけなら飲めるけど、ケーキだけだと食べられない、というか美味しいと思えません。

で、この法則が何かと申しますと、彼氏（ケーキ）だけでは生きられない。美味しいと思うためには女友だち（紅茶）が必要である、ということです。

そんなことを考えて溜飲を下げていた私。痛い！

今思えば、学生だったから暇でいられたのです。バックに親というスポンサーがあってのこと。就職し、忙しい日々が始まると、仕事で私生活も何もなくなり、紅茶とかケーキのことなんて忘れていました。

さらに、出産後は自分が生きるためだけに生きられなくなります。仕事と育児、なんとか両立させなければなりません。

そんな日々の中、頭の中だけでも自由になりたくて書き始めた小説ですが、本作を書き終えたとき、急に「紅茶とケーキ」の法則を思い出しました。

私の書くヒロインは、人生を美味しくするために紅茶（女友だち）が必要なんだな、と改めて感じた次第です。

まさに三つ子の魂。環境が変わって考えが変わったように見えても、根本的な価値観はそんなに変わらないのかもしれません。

さてさて、庶民派ヒロイン、アリシアにも、今後、出産や仕事が控えています。

彼女のことだから、妊娠中は薬草について学び、出産後は、医療の発展に繋がるような薬草園を作ることでしょう。

なんたって王太子妃です。乳母やら侍女やら、たくさん手伝ってくれる人がいて羨ましい限り！　まあ、最も羨ましいのはスパダリがいる点ですがね。

私は恋愛を描く上で、国王×王女とか、対等な関係を好んで書いてきて、今回の王太子×平民のように、身分格差が大きいのは初めてです。さすがに格差が大きすぎて、ファンタジー設定に力を借りましたが……。

王太子にとって平民は最も遠い存在です。平民の中から選抜された侍女が宮廷内にいるけれど空気のような存在。市井に暮らす庶民にいたっては接触したことがほとんどありません。

なので、王太子は平民に偏見があるのだけれど、人間と人間が最も近づく生殖行為をしなければならないわけです。

平民であるアリシアとの接触で偏見がぶち壊されるということが、いずれ国を支配する王太子に起こるということは、ある意味、革命なのではないか。そう思ったら、急に書くのが楽しくなってきて、今後も身分差ものを書きたいなぁ、と思いました。

というわけで、バックミュージックを、映画『レ・ミゼラブル』の革命歌『Do you hear the people sing?（民衆の歌）』にしていました。恋愛もののBGMにはふさわしくないのですが、勇ましい歌なので、小説を書き進めるにあたり背中を押してくれたように思います。

YouTubeで聞いていたので、関連動画として、いつしか日本のミュージカル『レ・ミゼラブル』の『民衆の歌』に移っていき、今頃知ったのですが……歌手がイケメン！　真剣な眼差しで歌う様子に激萌えです。しかも美声なわけですよ。いつか本物の舞台で観てみたいです。

聴くために流していたYouTubeですが、いつしか、じーっと見入っていました。（結局進まない！）

新しいことにチャレンジすると新たな発見があっておもしろいです。

ところで、私はデビューして一年半のひよっこですが、ななななんと、身に余る光栄！　そうです。Ｃｉｅｌ先生がイラストを描いてくださいました。ありがとうございます！　いきなり夢が叶っちゃいました！　王太子妃になるより嬉しいです。

この話は冒頭で、初対面の男にいきなり子作りを強要されるわけですが、Ｃｉｅｌ先生の描かれる金髪の王太子にせまられて、落ちない女子がいましょうか⁉　いるわけありません！　私でよければ……と、身を投げ出すことしかできません‼

おかげさまで冒頭に説得力が出たように思います。（他力本願ですみません）

さてさて、夢が叶ったあとも人生は続きます。とりあえず書きたい小説のネタがあるので、それを楽しく書けたらいい、あわよくば、この本を手に取ってくださった方に読んでいただけたら、望外の喜びとなることでしょう。

では、またどこかで――。

藍井恵

すずね凜
Illustration Ciel
身代わりの新妻は伯爵の手で甘く囀る
子作りのための結婚!? 冷たいはずの夫の指は狂おしく甘くて
男爵令嬢アデルは出奔した姉の身代わりに家の負債を肩代わりしてくれる伯爵の元に嫁ぐことに。相手のローレンスは意外にも若く美しい男性だった。思わずときめくも、彼は跡継ぎのためだけの結婚だと彼女を突き放す。傷付くアデル。だが初夜の彼は初めての彼女に優しく触れ、官能を教えてくれる「いいね。君はどこもかしこも感じやすい」次第に彼の誠実さを知り心惹かれるアデルだがローレンスも初々しい彼女に心を動かし始め!?

若き皇帝は虜の新妻を溺愛する
麻生ミカリ
Illustration yos
僕のすべてを受け入れて、
僕だけのものになって
継母である王妃に疎まれ、大国ニライヤド帝国に人質として差し出されたエレインは、忍び込んできた美しい少年、シスと知り合い心を交わすようになる。「僕は、何をしても許される立場にある」優しく彼女の唇や肌に触れてくる彼に悦びを覚えつつ思い惑うエレイン。高貴さを漂わせるシスは、恐らく帝国の高位貴族であり自分とは釣り合うまい……だがシスこそがこの帝国の皇帝であり、彼女を正妃にしようとしていると知って⁉

蜜猫 Mitsuneko Label

蜜猫文庫をお買い上げいただきありがとうございます。
この作品を読んでのご意見・ご感想をお聞かせください。
あて先は下記の通りです。

〒102-0072　東京都千代田区飯田橋 2-7-3
(株)竹書房　蜜猫文庫編集部
藍井恵先生 /Ciel 先生

運命の乙女を娶った王太子は新妻にご執心！

2017年10月28日　初版第1刷発行

著　者　藍井恵

発行者　後藤明信

発行所　株式会社竹書房
〒102-0072 東京都千代田区飯田橋 2-7-3
電話　03(3264)1576(代表)
03(3234)6245(編集部)

デザイン　antenna

印刷所　中央精版印刷株式会社

Printed in JAPAN
ISBN978-4-8019-1249-6　C0193
この作品はフィクションです。実在の人物・団体・事件などには関係ありません。